OPA
TRILLE
LENA
HAAS
BIRGITTE

Maria Parr

Manchmal kommt GLÜCK in Gummistiefeln

Aus dem Norwegischen von
Christel Hildebrandt

Mit Illustrationen von
Barbara Korthues

Dressler Verlag · Hamburg

Diese Übersetzung erscheint mit freundlicher Unterstützung
von NORLA, Norwegian Literature Abroad.

Deutsche Erstausgabe
1. Auflage

Die norwegische Originalausgabe erschien unter dem Titel
Keeperen og havet bei Det Norske Samlaget.

Norwegian edition published by Det Norske Samlaget, Oslo.
Published by agreement with Hagen Agency AS, Oslo
Aus dem Norwegischen von Christel Hildebrandt
Einband- und Innenillustrationen: Barbara Korthues
Satz: Sabine Conrad, Bad Nauheim
Druck und Bindung: PNB Print Ltd, »Jāņsili«,
Silakrogs, Ropažu novads, LV-2133, Lettland
Printed 2019
ISBN 978-3-7915-0079-9
www.dressler-verlag.de

Teil I

Sommer und Salzwasser

Der Mutsprung

Unsere Haustür knallte so, dass das ganze Haus zitterte, danach folgte ein fürchterlicher Lärm und lautes Geschrei.

»So ein blöder Mist!«

Verschlafen tappte ich auf den Flur. Dort stand bereits meine Familie, mit vom Schlaf zerzaustem Haar und verwirrtem Blick. Minda, meine große Schwester, hatte erst ein Auge geöffnet. Papa sah aus, als wüsste er nicht, ob er Mann oder Bettdecke war.

»Peng!«, sagte Krølla laut.

»Was war *das*?«, fragte Magnus, mein großer Bruder.

»Entweder«, bemerkte meine Mutter, »ist es eine Naturkatastrophe, oder Lena Lid ist aus dem Urlaub zurück.«

Es war keine Naturkatastrophe. Als ich die Treppe hinunterging, stand Lena, meine beste Freundin und Nachbarin, unten im Flur.

»Hallo, Trille«, seufzte sie.

»Hallo. Was ist los?«

»Das ist dein Geschenk.«

Ich rieb mir die Augen.

»Danke schön. Was ist das denn?«

»Ein Haufen Stöckchen und Glasscherben,

das sieht du doch! Aber es *war* eine Flasche mit einem Segelschiff drinnen.« Lena sah ganz unglücklich aus.

»Kann man das reparieren?«, fragte ich.

Reparieren? Das war das tollste Geschenk der Welt gewesen. Das konnte man nicht reparieren!

»Ich verstehe einfach nicht, wie sie es geschafft haben, das Schiff in die Flasche zu kriegen, Trille. Das Segel war voll gehisst und viel breiter als der Flaschenhals.«

Mama half, das Schiffswrack aufzukehren. Sie wollte es wegwerfen, aber ich sammelte alle Glassplitter und Stöckchen in einer leeren Keksdose und stellte sie in mein Zimmer. Schließlich war es trotz allem ein Geschenk.

Lena setzte sich zu uns an den Frühstückstisch. Ich musste sie immer wieder ganz genau angucken. Sie hatte die Haare abgeschnitten und bunte Zopfbänder ins Haar geflochten. Braun gebrannt war sie auch. Ich selbst fühlte mich irgendwie wie immer, hatte sogar die gleichen Shorts an wie an dem Tag, als sie abgereist war. Unsere Familie fährt so gut wie nie in Urlaub, jedenfalls nicht ins Ausland. Wir haben den Hof und das alles. Aber Lena, dieser Glückspilz, war zwei lange Wochen zusammen mit ihrer Mutter und Isak auf Kreta gewesen.

Sie hatte Smoothies mit einem kleinen Regenschirm dekoriert getrunken, wie ich erfuhr, während ich mein Brot mit Leberwurst aß. Und sie hatte sich im Bett nur mit einem Laken zugedeckt und im warmen Meer gebadet. Es hatte Hunderte kleiner Läden dort gegeben, mit Millionen cooler Sachen, die sie sich hätte kaufen können. So wie die Flasche. Und zum Mittag hatte sie jeden Tag Pommes gegessen. Und auf Kreta, da war es mitten am Tag so heiß, dass man fast das Gefühl hatte, die ganze Zeit neben einem Mittsommerfeuer zu stehen.

»Das hättest du auch erleben sollen, Trille!«

»Ja«, sagte ich nur und kaute weiter.

Es war ärgerlich, nie im Süden gewesen zu sein. Aber ich hatte auch etwas zu erzählen, oh ja. Also wartete ich gespannt darauf, dass Lena mich fragte, ob denn in der alten Heimat etwas Neues passiert sei. Aber nein. Auf Kreta hatte es ein Schnellboot gegeben, mit dem sie auf eine Insel gefahren waren, und Lenas Mutter hatte versucht, hinter dem Boot in so was wie einem Ballon in der Luft zu hängen.

»Habe ich eigentlich schon erzählt, wie heiß es war?«, fragte sie.

Ich nickte. Lena redete weiter über einen herrenlosen Hund, der Porto hieß und vielleicht die Tollwut gehabt hatte, und über ein paar Mädchen, mit denen sie gespielt hatte, die sich aber nie getraut hatten irgendwo herumzubalancieren, und über Pfannkuchen zum Frühstück.

Schließlich mochte ich nicht länger warten: »Ich bin vom höchsten Wellenbrecher gesprungen!«

Endlich hörte Lena auf zu reden und kniff die Augen misstrauisch zusammen.

»Du machst Witze.«

Ich schüttelte den Kopf.

Meine Nachbarin stand auf. Mir war sofort klar: Das war so eine Sache, die sie sehen musste, bevor sie sie glaubte. Und das sollte sie nur zu gern!

»Danke fürs Essen«, murmelte ich mit noch vollem Mund und schnappte mir mein Badehandtuch vom Treppengeländer.

Die Wellenbrecher in Knert-Mathilde haben in ihrer Innenseite einen Badeplatz. Im Winter blasen die Stürme feinen Sand dort hinein, sodass wir hier Sandburgen bauen können. Aber nachdem Lena in diesem Sommer in Urlaub gefahren war, war ich zusammen mit Minda und Magnus und deren Freunden auf der Außenseite der Wellenbrecher gewesen. Dort, wo alles hoch, tief und kalt ist. Das war fast, als begänne ich ein neues Leben.

Wenn es darum geht, von hohen Dingen zu springen, ist Lena die Meisterin in Knert-Mathilde. Keiner hat so wenig Angst wie sie. Oder so wenig Grips in der Birne, wie Magnus immer sagt. Aber von den Wellenbrechern ist Lena noch nie gesprungen. Das Wasser trägt sie so schlecht, wie sie immer behauptet.

»Lena aus dem Meer zu ziehen, ist ungefähr, wie einen Anker zu lichten«, sagt Opa.

Es war eine Sensation, dass es etwas gab, was ich konnte, sie aber nicht. Und ich spürte, dass Lena diese Tatsache ganz und gar nicht gefiel.

Jetzt stand ich also auf dem obersten Stein des Wellenbrechers. Es war noch ganz früh am Morgen und es waren nur sechzehn Grad Lufttemperatur.

»Bist du dir sicher, dass du den Mumm hast zu springen?«, fragte Lena ernst.

Sie hockte auf einem der anderen Steine, mit Jacke und Kreta-Halstuch. Ich nickte. Während sie weg gewesen war, hatte ich das schon oft getan. Aber immer nur, wenn Flut war. Jetzt herrschte Ebbe und das bedeutete, dass es tiefer nach unten ging. Ich konnte den Grund sehen. Der Wind zerrte an meinen Badeshorts. Einen Moment lang dachte ich, das hier sei es gar nicht wert. Aber dann sah ich, wie Kreta-Lena sich gegen einen Stein lehnte, sie glaubte mir nicht. Ich schloss die Augen und holte tief Luft: Eins. Zwei. DREI!

Padadamm!, ertönte es, als ich auf das Wasser traf, und

schworschj, gurgelte es, als sich die Wasseroberfläche über meinem Kopf schloss. Als ich das erste Mal so in der Tiefe verschwunden war, hatte ich gedacht, ich ertrinke. Jetzt wusste ich es besser: Ich musste nur wie blöd mit den Beinen zappeln und die Luft anhalten.

»Puh!«, stieß ich die Luft aus, als ich wieder die Wasseroberfläche durchbrach und zurück im Sommermorgen war.

Lena war auf den Absprungstein geklettert und schaute misstrauisch zu mir herunter. Ich lächelte triumphierend. Da hatte ich es ihr aber gezeigt!

Den Gedanken hatte ich noch gar nicht zu Ende gedacht, da stellte Lena einen Fuß vor, schlug sich auf die Wange und grölte: »A-i-a-i-aaaaaaaaaa!«

Und dann flog sie durch die Luft, in Jeans, Pullover, Jacke, Tuch und Turnschuhen.

»Padadamm!«

≈

Der Sprung von den Wellenbrechern brachte Lena wohl endgültig vom Urlaub zurück nach Hause. Irgendwie ist es nicht mehr ganz so spannend, von Smoothies auf Kreta zu erzählen, wenn man in Knert-Mathilde gerade fast ertrunken war. Sie kam nach endloser Zeit wieder an die Oberfläche und verschwand gleich wieder mit einem Glucksen. Wäre Opa nicht mit seinem Boot gekommen, ich weiß nicht, was passiert wäre. Er zog sie wie einen großen Fisch an Land, während Lena schlimmer als je zuvor hustete und keuchte.

»Ich war tatsächlich für kurze Zeit ertrunken«, erklärte Lena später.

»Ich habe ein großes Licht gesehen.«

Wir hatten zwei Tassen von Isaks glühend heißem Juli-Kakao getrunken, trotzdem zitterte Lena immer noch wie ein Rasenmäher im Leerlauf.

»Quatsch«, sagte ich. »Man kann nicht ertrinken und dann weiterleben. Das war nur die Sonne, die sieht unter Wasser so aus.«

»Das entscheidest ja wohl nicht du! Das Meer ist auf Knert-Mathilde kälter als Eistee. Die Leute von Kreta würden sterben, müssten sie hier baden gehen!«

Ich erwiderte nichts. Schließlich badeten wir doch immer hier!

»Ja«, sagte Lena. »Jedenfalls werde ich nie wieder in meinem ganzen Leben von den Wellenbrechern springen, einmal reicht ja wohl völlig.«

Zufrieden legte sie den Kopf zurück und trank den letzten Schluck Kakao.

Die Leute auf dem Hof von Hügel-Jon

Als Mama von unserem Badeausflug hörte, gab sie jedem von uns einen ziemlich großen Eimer in die Hand.

»Leute, die so groß sind, dass sie vom größten Wellenbrecher springen können, die können auch ein bisschen mehr helfen. Kommt mir erst wieder nach Hause, wenn die Eimer bis zum Rand mit Blaubeeren gefüllt sind!«, befahl sie uns.

Lena schaute erschrocken auf die Eimer.

»Aber ich gehöre nicht zu deiner Familie, Kari.«

»Soll ich dich daran erinnern, wenn es das nächste Mal Pfannkuchen mit Blaubeeren in diesem Haus gibt und du ganz zufällig zu Besuch kommst?«, fragte Mama.

Ich konnte sehen, dass Lena gern etwas darauf erwidert hätte. Doch selbst Lena traute sich nicht, Mama zu widersprechen. Manchmal ist Mama streng wie ein alter Oberschullehrer. Magnus nennt sie dann »Den Diktator«, wenn sie es nicht hören kann. Und Lena meint, es sei auch gar nichts anderes zu erwarten. In der Familie Danielsen Yttergård sei sowieso alles außer Kontrolle, behauptet sie. Minda und Magnus schlagen so oft mit den Türen, dass unser Haus eigentlich die ganze Zeit wackelt. Und Krølla nervt ununterbrochen, sodass man einen Helm bräuchte, um sich davor zu schützen.

»Und du läufst sowieso nur in Gedanken herum und denkst nie dran, nach dem Essen deinen Teller abzuräumen. Kein Wunder, dass Kari hier alles dirigiert. Nur eine Schande, dass davon auch unschuldige Personen betroffen sind, die nichts Böses getan haben und nur zufällig im Nachbarhaus wohnen.«

Lena ist froh, selbst ihre eigene, friedliche Familie zu haben, in der sie sich entspannen kann. Seit Isak zu ihr und ihrer Mutter gezogen ist, hat es sich dort im Haus beruhigt. Isak läuft mit zotteligem Haar im Haus herum und wird nie sauer. Ich frage mich, ob er so ruhig ist, weil er Arzt ist – weil er es so gewohnt ist mit den Krankheiten und anderen Tragödien, dass ein Zusammenleben mit Lena keinen Stress für ihn bedeutet. Ab und zu nennt Lena ihn sogar Papa, aber das sagt sie so schnell und es scheint ihr fast peinlich zu sein, fast als hätte sie Angst, er könnte verschwinden, wenn er es hört.

≈

Als wir an diesem Tag den Blaubeerwald hinter Hügel-Jons Hof erreichten, hatten wir die Meereskälte abgeschüttelt. Lena steckte den Kopf in ihren Eimer und grölte »Kinderarbeit« aus vollem Hals.

»Da ist ein Echo drinnen, Trille. Außerdem hätte Kari uns auch gleich eine Badewanne geben können, um die zu füllen.«

Ich hockte mich wortlos vor einen Busch und fing an, die Blaubeeren von den Zweigen zu zupfen. Die Sonne schlängelte ihre Strahlen durch tausend Blätter bis auf den Boden und malte Sonnenflecken auf mein T-Shirt. Ein Stück weiter hockte Lena und warf mit Tannenzapfen um sich. Für eine Weile war es ganz still und sommerfriedlich, dann sagte sie: »Nur ein winziger kleiner Bruder, Trille. Ist das zu viel verlangt? Was meinst du? Mal ganz ehrlich?«

Ich seufzte.

Meine beste Freundin ist keine Person, die sich etwas wünscht. Sie bestimmt. Und schon vor zwei Jahren, gleich nachdem ihre Mama Isak geheiratet hatte, beschloss Lena, dass sie ein Baby bekommen sollten, und zwar einen Bruder.

»Das dauert eine Weile«, erklärte sie Opa und mir, »aber bald wird ein Bruder kommen, der schreit und Kacka macht und mir ähnlich ist.«

Lena war sich ihrer Sache vollkommen sicher, und Opa und ich, wir waren es so gewohnt, dass alles so wird, wie Lena es will, dass wir diesen Bruder eigentlich schon als eine Selbstverständlichkeit ansahen. Aber inzwischen waren zwei lange Jahre vergangen. Lena und ich sollten nach den Ferien in der siebten Klasse anfangen, und immer noch gab es nicht das geringste Zeichen, nicht einen winzigen kleinen Zeh eines Bruders drüben im Nachbarhaus.

»Kinder kommen nicht einfach, wenn man es will«, sagte ich. »Das sagt jedenfalls Mama.«

»Was meint deine Mama damit? Du hast doch so viele Geschwister, dass sie die Türen bei euch einschlagen.«

Ich pflückte weiter Blaubeeren. Nach einer Weile gab es um Lena herum keine Tannenzapfen mehr. Da fing sie an, stattdessen Mooskissen herauszuzupfen. Sie legte sie sorgfältig in ihren Eimer, und als er fast voll damit war, begann sie, zusammen mit mir Blaubeeren zu pflücken.

»Lena«, sagte ich seufzend.

»Ein voller Eimer im Nullkommanichts. Das solltest du auch versuchen, Trille. Das merkt doch kein Mensch.«

»Doch«, widersprach ich. »Die werden das merken, wenn sie die Beeren waschen wollen.«

»Schon, aber dann bin ich nicht da«, erklärte Lena. »Psst, was war das?«

Verzweifeltes Jammern ertönte plötzlich in dem sommerlich stillen Wald. Wir drehten uns um und spähten zwischen den Bäumen hindurch. Zuerst sahen wir nichts, doch dann war wieder das Jammern zu hören.

»Das ist ein Hund!«, rief Lena und rannte in die Richtung, aus der wir die Töne gehört hatten. »Er hängt mit seiner Leine fest! Der arme Kerl!«

Stellt euch vor, wir hatten doch tatsächlich einen Hund mitten im Wald gefunden! Und wenn es nun noch Labben, Aiko oder Tjorven gewesen wäre oder einer der anderen Hunde aus dem Ort, aber es war keiner von ihnen. Das war ein nigelnagelneuer Hund, den weder Lena noch ich jemals zuvor gesehen hatten. Er hatte braunes Fell, das schön in der Sonne glänzte, und er schaute uns mit traurigem Blick an.

»Ich glaube, das ist ein Zeichen«, verkündete Lena mit ernster Stimme, während sie ihn vorsichtig befreite. »Ich glaube, das ist ein Hund, der nach Knert-Mathilde gekommen ist, um hier zu bleiben. Und in dem Fall kann ich problemlos noch ein Jahr auf einen Bruder warten. Sonst ist es vielleicht zu viel auf einmal …«

Ich schaute die lange Leine an.

»Der gehört jemandem, Lena.«

Worauf Lena keine Antwort gab.

»Komm, komm mit!«, lockte sie den Hund.

Dann lief sie aus dem Wald und durch das kniehohe Gras der Hügel-Jon-Wiese – mal zurück, dann wieder weiter nach vorn –, während sie den neuen Freund anstrahlte. Zu Lena passte ein Hund.

Doch das Glück währte nicht lange. Auf dem Hof von Hügel-Jon stand ein großer weißer Transporter, und vor dem Wagen stand eine ganze Gruppe von Leuten.

»Haas!«, riefen sie alle zugleich.

Der Hund sprang mit einem Ruck zur Seite, sodass Lena in

eine matschige Treckerspur fiel und ihr die Leine aus der Hand rutschte. Als sie aufstand, sah sie selbst wie ein großer Haufen Kacka aus. Zwei Sekunden lang stand sie reglos da und starrte auf die Menschengruppe, die Arme steif vom Körper abgespreizt. Dann marschierte sie los.

»Sie passen nicht gerade besonders gut auf Ihren Hund auf!«, donnerte sie los.

Die Menschen starrten uns verwirrt an – natürlich besonders die Matsch-Lena. Ich trat von einem Fuß auf den anderen. Ganz hinten am Wagen sah ich ein Mädchen, das fast wie eine Sonne aussah. Blonde Locken standen wie eine Wolke um ihren Kopf herum ab, und sie lächelte verlegen, während sie den Hund hinterm Ohr kraulte.

Dann fingen alle an, englisch zu reden. In der Schule bin ich viel besser darin als Lena. Sie kapiert einfach nicht, warum sie Englisch lernen soll, wo sie doch Norwegisch kann. Aber jetzt war sie auf Kreta gewesen und hatte es begriffen. Bevor ich nur ein Wort herausgebracht hatte, war sie schon in Gang: »The dog was fast in a tree!«

»Ah! Thank you, thank you!«, sagte einer, der aussah, als wäre es der Vater des blonden Mädchens.

Lena starrte ihn mit wütendem Blick an. Sie sah geradezu lebensgefährlich aus, wie sie reglos dastand und der Matsch von ihr heruntertropfte.

»The ferry is that way!«, erklärte sie kurz und zeigte in die Richtung.

»Komm, Trille.«

Ich lächelte angestrengt das Mädchen mit den blonden Locken an und folgte dann Lena.

»Verdammt, diese Touristen!«, zischte sie. »Wie konnten sie

sich zwischen den Misthaufen nur so verfahren, dass sie hier oben in den Bergen gelandet sind? Sie sollten Warnschilder tragen, die ganze Truppe.«

Eine Flaschenpost, die bei einem Ausländer landet

Am nächsten Tag hatte Lena keine Lust, weiter für die Wintervorräte zu sorgen, also beschlossen wir, lieber eine Flaschenpost ins Meer zu werfen. Früher haben wir jede Menge Flaschen mit Nachrichten ins Wasser geworfen. Aber in diesem Sommer waren es erst zwei gewesen. Einmal von der Fähre und einmal von der Mole aus. Aber es schien, als zöge Knert-Mathilde die Flaschen magisch an. Immer wieder landeten sie an einem der Strände bei uns zu Hause und damit waren wir angeschmiert. Denn eine richtige Flaschenpost sollte doch nach England oder Island treiben. Oder nach Kreta natürlich. Jetzt waren wir also um fünf Uhr aufgestanden, um mit Opa rausfahren zu können. Er wollte ganz bis zum Kobbholmen raus, um eine Angelschnur einzuholen, die über Nacht dort gestanden hatte.

»Kann dein Boot nicht schneller fahren?«, fragte Lena, sobald wir von Land abgelegt hatten. »Auf Kreta, da bin ich mit einem Schnellboot gefahren, das ...«

»Auf Kreta, dass ich nicht lache!«, schnitt ihr Opa das Wort ab. »Glaubst du etwa, das hier ist irgendein Boot?«

Er schlug mit der Faust gegen die Wand des Steuerhauses.

Ich glaube, es gibt niemanden, der stolzer auf sein Boot ist als Opa. Troll heißt es. Und Opa hatte es schon immer.

»Könntest du dir denn nicht jedenfalls einen Motor mit ein paar Pferdestärken mehr anschaffen und ihn in deine Troll einbauen?«, nörgelte Lena. »Wir brauchen ja einen ganzen Tag, um weit genug rauszukommen.«

»Ich habe den ganzen Tag Zeit«, erwiderte Opa.

Ich setzte mich auf den Boden. Wenn nun unsere Flaschenpost es tatsächlich übers Meer schaffen sollte. Wir hatten auf Englisch geschrieben, wie wir heißen und wo wir wohnen, dazu unsere Telefonnummern. Außerdem hatten wir ein Foto von uns dazugelegt. Vielleicht wurden wir ja eingeladen, wenn jemand sie in einem anderen Land fand, wer weiß?

»Ausländer sind einfach cool«, sagte Lena. »Da auf Kreta, da …«

Opa und ich tauschten Blicke und verdrehten die Augen.

»Nein, verdammt, jetzt halte ich es nicht länger aus!«, meinte Lena plötzlich hinter mir, und dann warf sie mit voller Kraft die Flaschenpost über Bord.

»Lena!«, rief ich wütend. »Wir sind doch gerade erst aus dem Fjord raus!«

Meine beste Freundin schaute trübsinnig der Flasche hinterher. Diese schaukelte ein wenig im Wasser hin und her und legte sich dann ruhig im Wind zurecht, der aufs Land zuwehte.

»Vielleicht sollte ich hinterherspringen und sie wiederholen?«, schlug sie vor.

»Nein, vielen Dank, Lena Lid«, erklärte Opa. »Heute brauche ich das Boot für andere Dinge.«

Lena ließ sich voller Dramatik neben mir auf die Decksplanken sinken.

»Dann bin ich wohl für den Rest des Tages als Geisel auf der Troll gefangen, was? Gibt es Kekse hier?«

Wir tuckerten am Ufer entlang, bis sich das Meer vor uns öffnete. Hier draußen schaukelten die Wellen wie ein riesiges Wiegenlied, und vom Lärm an Land war nichts mehr zu hören. Meine Wut über die Flaschenpost löste sich einfach auf.

»Geradeaus ist England«, erklärte ich Lena und zeigte dorthin, wo Himmel und Meer einander berührten.

»Und da ist der Kobbholmen.«

Die schwarze Insel lag ganz allein in all dem Blau. Nur ein einsamer Leuchtturm stand auf ihr.

»Ist das eine unbewohnte Insel?«, fragte Lena.

»Nun ja, heute schon«, antwortete Opa. »Aber in früheren Zeiten wohnten Leute dort.«

Lena und ich betrachteten die kleine Insel und den schweigenden Leuchtturm. Das musste man sich mal vorstellen: Hier zu leben. Mitten im Meer. Als wir näher kamen, sahen wir, dass auch noch ein Haus und ein Stall dort standen. Kleine Wiesen waren zwischen den dunklen Felsen zu erkennen. Auch Opa schaute eine Weile schweigend zum Kobbholmen hinüber.

»Trille, du weißt, dass deine Oma dort aufgewachsen ist, nicht wahr?«, bemerkte er schließlich.

»Hä?«

Opa nickte und begann, das Boot in den Wind zu legen, der ein Stück weiter draußen die See aufwühlte.

»Hast du eine Großmutter?«, fragte Lena verwundert. »Wo ist die denn?«

»Sie ist tot«, erwiderte ich. »Sie ist schon gestorben, als Papa noch klein war.«

»Ach.«

Mehr sagte Lena nicht. Sie starrte nur nachdenklich den Leuchtturm an.

Mit eingespielten, ruhigen Bewegungen machte Opa alles fertig, um die Angelschnüre einzuholen. Es kommt nicht so oft vor, dass er von Oma spricht. Aber wenn wir auf den Friedhof gehen, haben wir immer zwei Blumensträuße dabei. Einen für Tante-Omas Grab und einen für Omas. Auf dem Grab meiner richtigen Großmutter liegt ein runder, ziemlich kleiner Stein, der ganz anders aussieht als die anderen. »Von Herzen vermisst«, steht ganz unten darauf. Ich betrachtete lange die Insel da vor uns. Es schien mir, als leuchte um den Kobbholmen und den Leuchtturm ein ganz spezielles Licht. Das muss man sich mal vorstellen: Meine Oma ist hier aufgewachsen. Ob ihr Vater wohl der Leuchtturmwärter war?

»Seid vorsichtig«, sagte Opa jetzt und schaltete die Schnurwinde ein.

Die Maschine quietschte und zitterte leicht, dann fing sie an, die Angelschnur einzuholen. Die Leine einholen, das ist wie ein Abenteuer. Man weiß nie, was an den Haken hängt, und Opa fängt jedes Mal Fische. Keiner im ganzen Ort kennt die Fischstellen so gut wie er. Einmal, als er noch jung war, hat er einen Heilbutt gefangen, der war größer als er selbst – ich habe es auf einem Foto gesehen!

Und ich träume davon, dass das wieder passiert. Deshalb hänge ich immer fast einen halben Meter aus dem Boot, wenn wir die Leine einholen. Und das darf ich auch. Opa ist nicht so streng auf dem Meer. Das Einzige, worauf er genau achtet: dass wir nicht in die Schnurwinde kommen, denn so hat Onkel Tor einen halben Finger verloren, als er klein war. Papa schimpft immer mit Opa, er solle doch endlich einen Totmannknopf auf die Schnurwinde montieren. Das ist Vorschrift, behauptet Papa. Aber niemand kann über Opa bestimmen, wenn der auf See ist. Sagt ihm jemand, er solle etwas an seinem Boot machen, dann wird er das garantiert nicht tun.

»Es ist besser, den Kindern beizubringen, dass sie aufpassen«, sagt er immer.

Jetzt beugten Lena und ich uns so weit über die Reling, wie wir uns nur trauten, und gaben Opa jedes Mal Bescheid, wenn wir sahen, dass sich ein Fisch der Wasseroberfläche näherte. Ungefähr nach der Hälfte der Leine sahen wir, wie sich etwas Großes, Glattes unten im Dunkel des Wassers wand.

»Ein Gigafisch!«, schrie Lena. »Oh, verflucht noch mal. Das ist ein Gigafisch, Lars. Zieh ihn rein!«

Ein riesiger Dorsch klatschte auf das Bootsdeck. Lena stieß einen Freudenschrei aus und hüpfte herum wie ein Jo-Jo.

»Das nächste Mal, wenn du mitkommst, versuchen wir es mit einer Heilbuttschnur.« Opa lachte und rieb sich die Hände. »Dann kann unsere kleine Nachbarin richtige Fische sehen! Wenn du überhaupt noch Lust hast, auf der Troll mitzufahren.«

»Ob ich Lust habe?«

Lena stellte einen Fuß auf den Dorsch, als wäre es ein Löwe, den sie soeben geschossen hatte.

»Ehrlich gesagt, ist es gut möglich, dass ich Fischerin werde, wenn ich groß bin«, erklärte sie.

»Wolltest du nicht Torhüterin werden?«, fragte ich nach und holte das Messer heraus.

»Doch, schon, aber ich muss ja was haben, was ich machen kann, wenn meine Karriere beendet ist.«

≈

Auf der Rückfahrt konnten wir unsere Flaschenpost nirgends entdecken, und wir hatten reichlich Zeit, Ausschau nach ihr zu halten, denn Opa wollte noch ein Heringsnetz setzen, bevor wir an Land gingen.

»Denk an meine Worte«, sagte Lena. »Bald ruft ein Spanier an und will, dass wir ihn besuchen kommen, Trille!«

Doch dem war nicht so. Es geschah etwas ganz anderes. Und das schon am selben Abend.

Ich lag auf dem Sofa und las, als es an der Tür klingelte. Ich hörte, wie Krølla losrannte, damit sie als Erste an der Tür war, um sie zu öffnen, und ich war ziemlich überrascht, als sie brüllte, dass ich Besuch habe. Wer konnte das sein? Lena klingelte nie.

In der Haustür blieb mir die Spucke weg. Der Hund aus dem Wald schnupperte neugierig an meinen Socken, und auf der untersten Treppenstufe stand sie. Das Sonnenmädchen.

»I found it«, sagte sie vorsichtig und reichte mir die Flaschenpost.

Birgitte

»Was meinst du mit ›hergezogen?‹«, flüsterte Lena und guckte skeptisch zu dem Mädchen im Garten hinüber.

»Die Familie mit dem Hund ist hergezogen! Sie kommen aus den Niederlanden und sie haben das Haus von Hügel-Jon gemietet!«

»Dürfen die das denn?«

»Natürlich dürfen die das. Hügel-Jon wohnt doch jetzt im Altersheim. Komm!«

Ich zog Lena mit mir in den Garten.

»This is Lena«, sagte ich etwas aufgeregt.

»Hi. I'm Birgitte«, erklärte das Mädchen nach einem Räuspern und streckte höflich die Hand vor.

»Hä?«, fragte Lena verwirrt.

»Sie heißt Birgitte!«, sagte ich.

Ich wünschte, Lena käme in Fahrt und würde etwas Nettes in ihrem neuen Kreta-Englisch sagen, aber offenbar dachte sie gar nicht daran. Stattdessen guckte sie nur mürrisch den Hund an. Er schnupperte freundlich an ihr, wie es alle Tiere tun, wenn sie Lena begegnen. Ich wand mich in der peinlichen Stille.

»Äh, do you want to build float with us tomorrow?«, platzte es schließlich aus mir heraus.

Ich spürte, wie Lena neben mir erstarrte.

»Float?«, fragte Birgitte unsicher.

Eines Abends im Frühsommer, während wir auf der Terrasse saßen und Kaffee tranken, hatten Papa und Onkel Tor sich plötzlich darüber unterhalten, dass sie, als sie noch klein waren, ein Floß gebaut hatten, mit dem sie bis zur Stadt hatten fahren können. Wahrscheinlich wollten sie nicht, dass Lena und ich das hörten, denn als Papa entdeckte, dass wir die Ohren spitzten, bekam er einen ganz besorgten Gesichtsausdruck. Und dann hatten sie versucht, die ganze Geschichte zu einer Lappalie zu erklären, und schnell von etwas anderem geredet. Aber da war es schon zu spät gewesen. Wenn Papa und Onkel Tor auf einem selbst gebauten Floß den Fjord durchqueren konnten, dann konnten Lena und ich das auch. Seitdem hatten wir den ganzen Sommer über heimlich Treibholz gesammelt und im alten Bootshaus versteckt.

Und jetzt stand ich hier im Garten und versuchte zu erklären, was ein Floß war, auf Englisch. Ein paarmal warf ich Lena einen hilflosen Blick zu, aber sie starrte mich nur wütend an.

»It's a thing that … äh … you float on it on the sea … äh, it's a …«

»A raft«, sagte Lena schließlich, als könnte sie es nicht mehr ertragen, wie ich da herumstotterte.

Birgittes Blick erhellte sich. Ich zeigte die Felder hinunter, zum alten Bootshaus hin, damit sie verstand, wo sich unser Lager befand.

»Okay«, sagte sie etwas unsicher. »Haas, komm!«

Und damit verschwand sie durch das Loch in der Hecke und ging zur Straße hoch, mit Locken und Hund und dem ganzen Drum und Dran.

Lena marschierte durch den Garten wie ein Soldat im Krieg. Ich lief ihr hinterher.

»Ist was passiert?«, fragte Ylva, Lenas Mutter, als wir ins Wohnzimmer getrampelt kamen.

»Ja!«, rief ich. »Ein Mädchen ist hergezogen, sie ist genauso alt wie wir.«

Ylva schob ihre Brille auf den Kopf hoch und starrte mich ungläubig an.

»Was? Eine, die in eure Klasse gehen wird?«

Eifrig nickte ich. Es war ein Wunder.

»Dann sind ja endlich zwei Mädchen in der Klasse, Lena!«, freute Ylva sich. »Wie gut fürs Klassenklima.«

Lena sah aus, als hätte sie eine Sahnetorte ins Gesicht bekommen.

»Fürs Klima?«, schrie sie. »Das ist mir ja wohl so was von egal, das Klassenklima! Es waren Trille und ich, die etwas bauen wollten … Du weißt schon, was, Trille. Und das war unser Geheimnis.«

Ylva hob misstrauisch die Augenbrauen.

»Was für ein Geheimnis?«

»Ach, nichts«, erwiderte Lena schroff.

»Nichts?«

»Nein. Auf jeden Fall waren es Trille und ich, die es machen wollten. Und nicht so ein Lockenköpfchen aus Niederschrullenland, das wir nicht einmal kennen!«

»Ich wollte doch nur freundlich sein«, versuchte ich es.

»Immer willst du nur freundlich sein, du Engelchen! Du bist so freundlich, dass ich kotzen könnte!«, schrie Lena.

Ich starrte sie ungläubig an.

»Lena Lid!«

Es kommt nicht oft vor, dass Ylva laut wird.

»Erinnerst du dich an den Tag, als wir hier nach Knert-Mathilde gezogen sind?«

»Nein«, beharrte Lena.

»Dann werde ich dich daran erinnern«, fuhr Ylva wütend fort. »Nur eine Stunde nachdem wir angekommen waren, klingelte es an der Tür. Und draußen stand ein *freundlicher* Junge und fragte, ob du nicht rauskommen und mit ihm spielen wolltest. Erinnerst du dich noch, wer das war?«

Lena presste die Lippen zusammen und guckte mich kurz an.

»Genau«, nickte ihre Mutter. »Und jetzt entschuldigst du dich, und zwar auf der Stelle.«

Lena war jetzt schon eine ganze Weile auf lautlos eingestellt.

»Entschuldigung«, murmelte sie dann doch zum Schluss.

Es klang, als hätte sie das Wort tief aus dem Blinddarm heraufziehen müssen.

»Gleichfalls«, erwiderte ich kurz.

Es war natürlich total blöd von mir gewesen, unser Floßgeheimnis einer Fremden zu verraten, aber warum musste sie immer so schwierig sein?

»Diese bescheuerte Flaschenpost«, murmelte Lena. »Ist Knert-Mathilde etwa magnetisch?«

»Immerhin war es eine Ausländerin, die sie gefunden hat«, sagte ich und versuchte es mit einem Lächeln.

Als Antwort flog mir ein Sofakissen ins Gesicht.

Als ich an dem Abend nach Hause schlenderte, musste ich erst einmal stehen bleiben und über den Fjord schauen. Der Abendhimmel spiegelte sich in dem ruhigen, glänzenden Meer. Ein ungewöhnliches Kribbeln setzte sich ganz unten im Magen fest. Ob Birgitte wohl wirklich auftauchte?

Ein Engel im Bootshaus

Bevor wir am nächsten Tag zum Ufer hinuntergingen, hatte Lena gründlich über die Niederlande nachgelesen. Oder, ehrlich gesagt, sie hatte Isak gefragt, den Klügsten in Knert-Mathilde.

»Verdammt, ich brauche doch kein Buch oder das Internet mehr, seit der Typ hier eingezogen ist. Bei ihm muss man nur das Suchwort eintippen und dann auf den Bauchnabel drücken.«

Während wir unsere Schätze sortierten und auf Birgitte warteten, hielt sie mir geradezu eine kleine Vorlesung. Es gibt viele

Menschen in den Niederlanden, erzählte sie, und große Teile des Landes liegen unter Wasser.

»Unter Wasser?«

»Ja, die haben da Dämme gebaut, damit das Meer nicht einsickern kann und keine Überschwemmungen verursacht. Aber Isak sagt, das ist ein gutes Land. Außerdem richtig gut im Fußball.«

Das mit dem Fußball hatte Lena offensichtlich die Lage in etwas besserem Licht sehen lassen. Sie war immer noch der Torhüter in unserer Jungsmannschaft. Wenn sie da hinten steht und kommandieren und herumschimpfen kann, ist sie in ihrem Element. Ich selbst habe diesen ganzen Fußball so langsam ziemlich satt. Denn ich bin nicht gut genug. Alle in unserer Klasse spielen eigentlich, aber ab und zu habe ich schon überlegt, ob ich nicht trotzdem aufhören sollte.

Als Birgitte endlich durch die Schuppentür hereinschaute, fing Lena sofort an, von Fußball zu reden. Sie bombardierte Birgitte mit Fragen, und Birgitte konnte nicht eine einzige beantworten.

»Sorry, I'm really not that interested in football«, entschuldigte sie sich.

Lena stand stumm neben unserem Kram, einen Hammer in der Hand.

Ich fürchtete, die Situation könnte außer Kontrolle geraten, und klatschte deshalb in die Hände.

»Let's build.«

≈

Schon merkwürdig, dass ein fremdes Mädchen an unserem Projekt mitmachte. Ich traute mich kaum, sie anzusehen. Es schien mir fast, als hätten wir einen Engel bei uns im Bootshaus. Wenn sie eine Latte hochhob, tat sie das ganz vorsichtig – als hätte sie so etwas noch nie vorher getan. Vielleicht hatte sie es noch nie vorher getan? Lena hantierte voll wildem Eifer mit Strandgut und Nägeln. Was Lena baut, wird selten besonders schön, aber in der Regel bekommt sie es irgendwie immer hin. Jetzt spürte ich, wie in mir der Ärger hochstieg, weil sie nicht mehr Rücksicht auf dieses stille Mädchen aus den Niederlanden nahm. Zum Schluss stand Birgitte fast nur noch dabei und schaute zu. Vielleicht fand sie uns ja auch einfach nur merkwürdig? Ich habe nie darüber nachgedacht, ob das, was Lena und ich tun, merkwürdig sein könnte. Aber jetzt kam mir die ganze Zeit dieser Gedanke. Waren wir kindisch?

»Lena«, flüsterte ich, als wir draußen waren, um weitere Plastikkanister zu holen. »Sollen wir nicht versuchen, sie mehr einzubeziehen?«

Lena sah mich an, als hätte ich sie gefragt, ob sie ein Rathaus herbeizaubern könnte. Nachdem sie wieder im Bootsschuppen war, führte sie Birgitte hoch auf den Dachboden und gab ihr ein Bettlaken und Krøllas Tuschkasten, wo auch immer sie den zu fassen bekommen hatte.

»You can paint the sail«, erklärte sie ihr.

»Gib mir mal den Hammer, Trille« sagte sie anschließend, als sie die Leiter herunterkletterte.

≈

Obwohl Birgitte oben auf dem offenen Boden hockte und malte und wir unten hämmerten, erfuhren wir an diesem Vormittag eine ganze Menge. Birgittes Vater war Schriftsteller und hatte ein Stipendium für ein Jahr bekommen. Ihre Mutter war Architektin, hatte aber Lust gehabt, für eine Weile mal etwas anderes auszuprobieren. Und beide hatten schon lange davon geträumt, auf einem kleinen Hof in Norwegen zu leben. Ihre beiden größeren Brüder sollten zurück in die Niederlande, wenn die Schule wieder anfing. Sie gingen aufs Gymnasium.

Das Gerücht von dem niederländischen Mädchen sauste wie ein Wirbelwind durch die Bucht, und als wir hochgingen, um eine Pause zu machen und etwas zu essen, tauchte der eine und die andere ganz zufällig in unserer Küche auf. Ylva kam, um ein paar Eier zu kaufen, und meine älteren Geschwister, die sonst so tun, als interessierten sie sich für absolut gar nichts, brauchten unendlich viel Zeit, um im Schrank nach irgendwelchen Dingen zu suchen. Mama stellte sogar Nutella auf den Tisch, obwohl doch gar nicht Samstag war. In mir wuchs der Stolz. Schließlich war ich derjenige, der sie gefunden hatte!

»Hrhm, hrhm!«, räusperte Lena sich schließlich und nickte Richtung Bootsschuppen.

Die letzten Tischlerarbeiten machten wir in der Sonne draußen. Birgitte schaute uns zu. War es vielleicht absolut albern, ein Floß zu bauen? Normalerweise verfehle ich nie einen Nagel, aber an diesem Tag schlug ich mir zweimal auf den Daumen. Zum Glück konnte ich so tun, als wenn gar nichts gewesen wäre.

Nachdem wir fertig waren, holte Birgitte das Segel und rollte es aus. Lena und mir blieb die Spucke weg. Birgitte hatte Himmel und Meer gemalt, eine Sonne und – als zwei Seeräuber hatte sie ganz vorn Lena und mich gemalt. Das war das Allerschönste, was ich je von jemandem, der genau so alt war wie ich, gesehen hatte.

»Wow!«, sagte ich. »Das ist fantastisch.«

Ich breitete die Arme aus und wandte mich Lena zu. Sie schnappte wie ein Fisch nach Luft, doch dann klappte sie den Mund wieder zu.

»Kann das Wasser ab?«, fragte sie ganz praktisch.

Stapellauf und ein nerviger großer Bruder

»Jetzt werden sie bald zum Essen rufen«, klagte Lena gestresst und packte das Floß von unten.

Aber es rührte sich nicht einen Zentimeter. Ich schob von hinten mit aller Kraft. Birgitte griff es auf der einen Seite, aber es nützte nichts.

»Schieb von hinten mit Trille«, kommandierte Lena. »Aber richtig.«

Birgitte drückte vorsichtig neben mir das Floß nach vorn.

»Nun pack es schon an, verflucht noch mal!«, brüllte Lena.

Ich sah sie böse an. Aber es nützte etwas, wütend zu sein.

Wir bekamen neue Kraft dadurch, Lena und ich auch. Das Floß schrammte über die Steine.

Sobald wir es ins Wasser gelassen hatten, schaukelte es friedlich und still auf der Oberfläche. Vorsichtig kletterten wir an Bord, einer nach dem anderen.

Für ein paar Sekunden war alles so, wie es sein sollte, doch dann fühlte ich, dass etwas nachgab. Ich rutschte ein Stück zur Seite, damit wir nicht kenterten.

»Help!«, flüsterte Birgitte und umklammerte den Mast.

Zuerst gluckerte es um die Planken herum, dann schob sich das Wasser über das Holz und rollte sich gnadenlos um unsere Beine, und zum Schluss ließ sich das gesamte Floß mit einem Seufzer auf dem Sandboden nieder.

Da standen wir. Alles, was aus dem Wasser ragte, waren die Hälfte von uns, ein halber Mast und ein Segel, das flatterte und zum Aquarell geworden war.

»Das klappt nicht zu dritt«, sagte Lena mit zusammengebissenen Zähnen.

Und da hörten wir vom Ufer her lautes Gelächter.

Immer, wenn meine Kartenhäuser zusammenfallen und meine Flöße sinken, taucht Magnus wie ein böser Geist auf. Ich glaube, ich bin nicht ein einziges Mal mit dem Fahrrad hingefallen, ohne dass er es gesehen hat. Jetzt lehnte er sich gegen die Bootsschuppenwand und schlug sich auf die Schenkel.

»Sag bloß nicht, das soll ein Floß sein! Sag das bloß nicht! Ich sterbe«, hickste er.

Lena sprang runter. Unser Fahrzeug löste sich vom Grund und stieg fast bis an die Oberfläche.

»Siehst du nicht, dass das ein U-Boot ist, du Dummkopf?«, rief sie.

Da musste Magnus so sehr lachen, dass er keine Luft mehr kriegte.

Das darf doch nicht wahr sein, dachte ich. Er war fast fünfzehn. Konnte er sich nicht was anderes ausdenken, als sich über seinen eigenen kleinen Bruder totzulachen? Ich schaute gequält Birgitte an.

»Ich schwöre es«, murmelte Lena. »Ich schwöre, noch bevor morgen die Sonne aufgeht, ist dieses Floß idiotensicher schwimmtüchtig und wir sind auf halbem Weg in die Stadt.«

Und wenn Lena etwas schwört, dann wird es auch so. Nach dem Essen waren wir wieder im Bootsschuppen und arbeiteten an Verbesserungen am Floß. Birgitte war nach Hause gegangen.

»Das wäre auch für zwei nicht sicher genug gewesen«, sagte ich, nachdem wir es geschafft hatten, es umzudrehen, und damit anfingen, eine weitere Lage Styropor zu montieren.

Lena gab keine Antwort. Sie schwang nur wortlos den Hammer mit solcher Wucht, dass ich lieber kein Nagel gewesen wäre, um es mal so zu sagen.

≈

Als ich an dem Abend nach Hause ging, herrschte nach dem ganzen Tag im Bootsschuppen nur noch Chaos in meinem Kopf, aber zu Hause ertönte wie üblich eine ganze Sinfonie. Minda und Mama stritten sich über irgendetwas, dass die Fetzen flogen, anscheinend durfte Minda nicht irgendwohin fahren, Krølla spielte Blockflöte und Magnus saß auf einem Sessel, die Kopfhörer auf den Ohren, und gluckste vor sich hin, als er mich entdeckte.

Schnell huschte ich durch die Tür hinunter zu Opa. Da unten ist meine Familie nur noch ein dumpfer Lärm in weiter Ferne. Hier kann ich die Uhr ticken und die Katze schnurren hören. Es ist fast wie eine andere Welt.

Aber an diesem Tag war der Krach auch im Keller eingezogen.

Ich blieb mitten auf der Treppe stehen, als ich Papas wütende Stimme hörte.

»Wann geht das endlich in deinen Dickschädel? Du hast in diesem Overall nicht die geringste Chance!«, rief er.

»Ach was«, erwiderte Opa da unten.

»Hör auf mit deinem ›Ach was‹«, sagte Papa. »Wir machen uns Sorgen um dich!«

»Ach was«, sagte Opa erneut. »Wenn ihr sonst nichts habt, worüber ihr euch Sorgen machen müsst, dann freut euch.«

»Ich habe das Haus voll mit halb durchgedrehten Teenagern, aber du bist der Schlimmste von allen!«, rief Papa. »Und du bist 78 Jahre alt!«

»Genau«, bestätigte Opa, »78 Jahre und alt genug, selbst zu entscheiden. Und jetzt geh mal zur Seite, mein Kleiner.«

Ich hörte Papas wütende Schritte, während Opa mit dem Abwasch klapperte.

»Papa«, fing er noch einmal an, jetzt in einem sanfteren Ton.

Mein Opa unterbrach ihn.

»Jetzt aber ab mit dir nach oben. Meine Pflanzen gehen von diesem ganzen Geschrei noch ein.«

Und gleich danach kam Papa die Treppe hochgestürmt. Er sah mich nicht einmal an.

»Habt ihr euch gestritten?«, fragte ich besorgt, als ich bei Opa eintrat.

»Ach was«, antwortete dieser. »Dein Vater will nur, dass ich auf See so einen Überlebensanzug anziehe.«

Er wischte energisch die Arbeitsplatte mit einem Lappen ab. »Ich habe mein ganzes Leben lang den Overall getragen und denke gar nicht daran, wie so ein Astronaut auf meinem eigenen Schiff herumzuwackeln.«

Er fuhr weiter fort. »Die Leute sollen sich nicht so viele Gedanken über einen alten Kerl wie mich machen. Auch dein Papa nicht. So wichtig ist das langsam nicht mehr.«

»Nun ja, was heißt wichtig … Ich bin jedenfalls der Meinung, du sollst nicht ertrinken«, sagte ich.

»Ich habe auch nicht vor zu ertrinken, Trille! Ich kann ganz gut auf mich selbst aufpassen. Das habe ich immer schon gekonnt.«

Er warf den Lappen ins Spülbecken und holte für mich Kekse heraus.

»Würde ich mit so einem Überlebensanzug anfangen, da käme dein Vater bestimmt mit dem Vorschlag, ich sollte doch eine Rettungsweste drüberziehen, und hätte ich die dann an, würde er wollen, dass ich mir Schwimmringe um die Arme streife. Und hätte ich diese Schwimmringe um den Armen, käme er bestimmt bald auf die Idee, ich sollte lieber gar nicht mehr zur See fahren. Und dann würde ich auf jeden Fall sterben.«

Ich sah Opa im Überlebensanzug und mit Rettungsweste und Schwimmringen vor mir, an Land.

»Weiß Papa denn nicht, dass du allein zurechtkommst?«

Opa trommelte mit den Fingern auf dem Tisch, als müsste die Verärgerung über den Streit irgendwo raus.

»Er hatte immer schon Angst, mir könnte etwas passieren.«

»Warum denn?«

Opa seufzte.

»Nun ja, die hatten ja nur mich, weißt du, nachdem wir Inger verloren haben.«

Jetzt redete er wieder von Oma. Ich sah die Insel und den Leuchtturm vor mir und merkte plötzlich, dass ich große Lust hatte,

nach ganz vielen Dingen zu fragen. Aber ich wusste nicht so recht, wo ich anfangen sollte.

»Hatte sie Locken?«, fragte ich schließlich.

Opa schaute mich verwundert an, dann lachte er leise.

»Locken? Nein, die hatte sie nicht. Aber sie war das einzige Mädchen mit kurzem Haar. Doch jetzt genug davon. Woran hast du den ganzen Tag herumgewerkelt? Es riecht ja schon kilometerweit nach einem geheimen Projekt!«

Und dann erzählte ich Opa vom Floß und von Birgitte und Lena. Denn er ist auf jeden Fall nicht so einer, der alles ausplaudert oder wichtige Operationen verhindert.

Haben Fähren Vorfahrt?

Der Wind fiel geradezu vom Gebirge herunter und formte kleine, unruhige Wellen auf dem Wasser. Es war ganz früh am Morgen. Wir standen hinter dem Bootsschuppen und schauten zu, wie Opa und Troll vom Anleger ablegten und aufs Meer hinaus verschwanden. Zum ersten Mal spürte ich einen leichten Stich in mir. Wenn Opa nun wirklich zu alt geworden war, um allein da draußen zurechtzukommen? Sollte ich lieber häufiger mit ihm rausfahren?

Birgitte stand da, das Kinn tief in den Kragen gedrückt, und schaute uns unsicher an.

»Es ist ein bisschen windig«, sagte ich.

Mit zusammengekniffenen Augen leckte Lena sich den Zeigefinger an und hob ihn in die Luft.

»Es weht direkt auf die Stadt zu.«

Sie hatte die Paddel von meinem kaputten Gummiboot geholt. Und drei Rettungswesten. Es gab keinen Grund mehr für Diskussionen. Bald saßen wir wieder auf unserer Fischkiste an Bord des Floßes. Das Segel war gehisst. Es zeigte Lenas und meinen Kopf ganz oben, der Rest war nur noch ein verschwommenes Bild. Irgendwie schien das Floß solide, irgendwie aber auch nicht. Aber das Wichtigste: Es schwamm. Im Laufe nur weniger Sekunden hatten wir den Uferbereich hinter uns gelassen und waren draußen auf See.

Lena und ich paddelten. Birgitte hielt sich am Mast fest. Ich wünschte, ich hätte ihr irgendwie zeigen können, dass sie keine Angst haben musste, doch bevor mir noch etwas einfiel, fing Lena an, Piratenlieder zu singen. Da huschte ein kleines Lächeln über Birgittes Gesicht. Das war so schön, dass ich beim Paddeln aus dem Takt kam.

Immer noch spülte Wasser über unsere Beine, und es schaukelte mehr, als angenehm war. Eine leise Stimme in mir sagte, dass das, was wir getan hatten, wahrscheinlich nicht besonders schlau gewesen war. Aber bei einer Sache hatte Lena recht: Wir hatten den Wind im Rücken und wurden direkt über den Fjord auf die Stadt am anderen Ufer zu geweht. Und es war zu spät, umzukehren. Das Einzige, was wir tun konnten, war Kurs halten und das Ziel nicht aus den Augen verlieren. Papa und Onkel Tor hatten es schließlich auch geschafft. Ich schluckte und lächelte Birgitte aufmunternd zu.

»Are you okay?«

»Mhm«, sagte sie und nickte vorsichtig.

»Schiff ahoi!«, schrie Lena. »Da kommt die Fähre. Nur gut, dass wir nicht zehn Minuten später gestartet sind. Sonst wären wir zu Feuerholz zerschmettert worden.«

Die Fähre fuhr nicht gerade mit Rekordgeschwindigkeit. Lena und ich hatten uns schon häufig darüber aufgeregt, dass es kaum etwas Langsameres gab als diese Fähre, auf die man immer Ewigkeiten lang warten musste. Lena ist überzeugt davon, dass sie mit Absicht so trödelt, nur damit mein Papa – der Fährenmatrose Yttergård – es bei jeder Fahrt schafft, seinen Kaffee zu trinken, ohne beim Fahrkartenverkauf in Stress zu geraten. Aber heute erschien uns das ganz anders.

»Haben die einen Zusatzmotor eingebaut?«, fragte Lena.

Die Fähre wuchs von Spielzeugschiffgröße zu Fährengröße, und das in unglaublich kurzer Zeit. Es sah fast so aus, als nähme sie direkt Kurs auf uns. Ich paddelte, so kräftig ich nur konnte. Auf der anderen Seite arbeitete Lena mit ihrem Ruder, als wollte sie Schlagsahne aus dem Wasser machen.

»Müssen große Schiffe nicht den kleinen Vorfahrt gewähren?«, rief sie wütend.

Ich stöhnte verzweifelt.

»Nein, es ist umgekehrt, Lena!«

Birgitte wurde ganz weiß im Gesicht.

Der große Schiffsbug sah bald aus wie das Maul eines Ungeheuers. Ich war mir sicher, das hier würde in einer Katastrophe enden, und wedelte verzweifelt mit den Armen. Endlich tutete die Fähre und wich aus. Gott sei Dank!

»Verdammt, die können doch da oben nicht die ganze Zeit schlafen! Das wäre ja wohl ein Riesenskandal, wenn sie uns überfahren hätten!«, schrie Lena.

Sie drohte mit der Faust und war so wütend, dass mir klar war: Sie hatte wirklich Angst gehabt.

Doch die Gefahr war noch nicht vorbei. Die Wellen von der Fähre waren größer, als es unserem Floß gefiel. Die erste

schwappte über das gesamte Fahrzeug und fegte zwei der Fischkisten von Bord. Die zweite ließ das Floß so schaukeln, dass wir fast das Gleichgewicht verloren. Und die dritte war so stark, dass Lena wegrutschte und mit einem Schrei im Wasser landete. Als ich mich vorbeugte, um sie zu retten, kam noch eine Fährenwelle und fegte auch mich ins Meer.

»Wir haben Schiffbruch!«, schrie Lena in der riesigen Rettungsweste.

Sie zappelte und ruderte, um wieder an Bord zu kommen. Mit Birgittes Hilfe gelang es ihr zum Schluss, aber da waren ihre Lippen bereits blau. Zum Glück hielt die Wut sie weiter in Fahrt.

»Ich schwöre, wenn ich der Fähre noch einmal begegne, werde ich sie zerschmettern«, drohte sie zitternd. »Ich werde …«

»Kannst du mir vorher helfen?«, rief ich.

Noch nie war ich mit Kleidung im Wasser gewesen. Obwohl ich eine Rettungsweste trug, fühlte es sich an, als zöge mich das Meer nach unten. Ängstlich zappelte ich im kalten Wasser.

Birgitte und Lena versuchten, das Gewicht so auf dem Floß zu verteilen, dass es nicht umkippte, als ich mich an Bord zog. Aber es knackte bedrohlich in unserer Konstruktion. Eines der Styroporteile löste sich, dann noch eines. Das ganze Ding löste sich langsam, aber sicher auf! Ich blieb zwischen zwei schwimmenden Fischkisten und dem knackenden Floß hängen und war schon kurz davor, in Panik zu geraten, als wir entdeckten, dass die Fähre gestoppt hatte.

Zitternd und stumm sahen wir, wie sie eines der Rettungsboote zu Wasser ließen. Lena schlug sich mit einem Stöhnen die Hände vors Gesicht.

»Garantiert ist es Reidar, der uns auffischt«, seufzte sie, »ich glaube, da würde ich lieber ertrinken!«

≈

Natürlich war es Papa. Oje, der hielt uns vielleicht eine Standpauke! Er schrie herum wie einer dieser Fußballtrainer aus der Stadt, dann schlang er mitten in seinem Wortschwall die Arme um mich und drückte mich so fest an sich, dass ich fürchtete, ich bekäme keine Luft mehr. Und dann fing er von vorn an. Wir hätten ertrinken können! Oder so auskühlen, dass es gefährlich war! Wollten wir nicht bitte schön endlich mal etwas älter und damit vernünftiger werden? Und hatten wir auch nur einen Moment an die Fähre gedacht, die voller Autos und Passagiere war, die zur Arbeit mussten? Jetzt war der gesamte Fahrplan vollkommen durcheinandergeraten, nur weil wir hier wie verzweifelte Vogelküken mitten in der Fahrrinne dümpelten und jammerten. Mitten auf dem Fjord!

Aber da bemerkte er plötzlich, dass wir zu dritt waren, und das brachte ihn vollkommen aus dem Konzept. Papa war gestern nicht zu Hause gewesen, als Birgitte bei uns zu Besuch gewesen war.

»Habt ihr etwa eine Geisel genommen?«, fragte er.

»Ja«, murmelte Lena. »Sie ist aus den Niederlanden. Wir waren auf dem Heimweg mit ihr.«

Der Tag auf Kobbholmen

Nach diesem Abenteuer hielt sich Birgitte von uns fern. Später erfuhren wir, dass es an ihren Eltern lag, die meinten, wir wären eine schlechte Gesellschaft für sie. Womit sie sicher recht hatten. Die Geschichte mit dem Schiffbruch unseres Floßes verbreitete sich schnell im ganzen Ort, und zum ersten Mal in meinem Leben war mir das peinlich. Wie konnte ich Birgitte nur zu so etwas Dummem einladen? Was für ein Blödkopf ich doch war. Immer mal wieder schaute ich zu den Bakkane hoch und überlegte, was sie wohl so trieb. Die Sommerferien waren fast zu Ende. Eigentlich sollte ich herumlaufen und von morgens bis abends meine Freiheit genießen. Stattdessen langweilte ich mich. Ich hatte so ein Gefühl, als wäre Knert-Mathilde zu klein für mich geworden.

»Was treibst du dich denn die ganze Zeit hier drinnen rum, Trille?«, fragte Mama eines Nachmittags irritiert. »Geh raus an die frische Luft.«

Raus, raus, raus. Immer sollten wir rausgehen. Konnte sie uns nicht lieber ein paar Zimtschnecken backen und ein Spiel mit mir spielen? Wütend ging ich hinunter ans Wasser.

Schon als ich noch ganz klein gewesen war, hatte ich Opa immer unten im Bootsschuppen geholfen. Wir haben die Netze gesäubert, die Angelschnüre geordnet und mit Fisch bestückt. So langsam kann ich ziemlich alles. Es ist von Opas Händen in meine übergegangen. Manchmal rolle ich einfach ein Seil zusammen oder lege das Messer auf seinen Platz auf dem Balken und merke selbst, dass ich es genauso tue wie Opa. Die alten Männer im Laden nennen mich oft Klein-Lars. Wahrscheinlich sehe ich ihm auch ähnlicher als Papa.

Jetzt ließ ich mich auf eine umgedrehte Fischtonne plumpsen. Opa schaute kurz auf und überhörte lieber mein Seufzen.

»Ich habe der kleinen Nachbarin versprochen, dass wir eine Heilbutt-Angelschnur auslegen, noch bevor der Sommer vorbei ist. Was hältst du davon, wenn wir es morgen machen?«, schlug er vor und zog eine große Kiste mit noch nicht sortierter Angelschnur heraus.

Ich zuckte mit den Schultern und zog einen der Haken heraus.

Ein kühler Spätsommerregen begann auf dem Bootsschuppendach zu tanzen. In weiter Ferne hörte ich Papa etwas rufen und Minda darauf antworten. Neben mir arbeitete Opa ruhig, mit seinen großen, braunen Händen.

»Bist du schon immer so gewesen wie jetzt, Opa?«

Opa schüttelte ein Angelschnurwirrwarr leicht und bekam einen neuen Haken frei, den er in die Holzkiste drückte.

»Alt und grauhaarig und verrückt nach Fisch?«

»Nein ...«

Wir befreiten noch einige Haken. Ich rutschte hin und her.

»Aber warst du immer so ... so zufrieden?«, fragte ich zum Schluss.

Opa schaute mich erneut an, jetzt etwas verwundert.

»Nun ja, schon. Obwohl, in der Jugend war da natürlich so einiges an Tüdelütt und Hin und Her.«

»Tüdelütt und Hin und Her?«

»Ja, du weißt schon. Ameisen im Blut und viele verrückte Ideen. Du solltest nur mal Polter-Kåre hören.«

Wieder lachte er, und ich fragte mich, was Polter-Kåre mit der Sache wohl zu tun hatte.

»Aber ich hatte Glück. Ich bin immer noch gesund, ich habe eine Familie, ich habe ein Boot und ich habe Zeit.«

Er schüttelte geduldig das Angelschnurdurcheinander.

»Aber Oma ist so früh gestorben«, platzte es aus mir heraus.

Opa schob einen weiteren Haken an Ort und Stelle.

»Ja.« Seine Hände hielten plötzlich inne.

Und ich hielt die Luft an.

»Aber schließlich hatte ich das Glück, vorher mit ihr verheiratet gewesen zu sein. Und das ist das größte Glück, das es gibt, mein kleiner Trille.«

Er steckte den letzten Haken an seinen Platz auf dem Kasten.

»Und morgen musst du Lena mitbringen.«

Ich nickte.

≈

Der nächste Tag zeigte sich hellblau und diesig, als wir ablegten. Nicht ein Windhauch war zu spüren, die Seevögel segelten lautlos über uns, und draußen auf Kobbholmen war es so still, wie ich es noch nie erlebt hatte. Sogar Lena hielt den Mund, während ein Haken nach dem anderen mit glänzendem Hering dran hinunter ins Wasser glitt und in der Dunkelheit verschwand.

»Jetzt werden die Heilbutte da unten aber eine Festmahlzeit kriegen«, kicherte sie, als das letzte Heringsstückchen verschwand. »Eine tödliche Festmahlzeit.«

Ich sah, wie Opa vor sich hin schmunzelte. Er ist gern mit Lena zusammen.

Ich blinzelte durch den Dunst zum Leuchtturm hinüber, zur schwarzen Insel. Lena tat es mir gleich, und dann fragte sie ganz plötzlich: »Können wir nicht dort an Land gehen?«

Opa warf die Boje über Bord und spuckte ihr hinterher.

»Ich hatte eigentlich gedacht, ein bisschen zu angeln, während wir warten«, sagte er.

»Wie viele Gefrierboxen hast du eigentlich?«, fragte Lena. »Werden die nie voll?«

Da nahm Opa seine Mütze ab und kratzte sich am Kopf.

»Da sagst du was, Lena Lid. Vielleicht sollten wir wirklich mal eine Tour zum Kobbholmen machen.«

≈

In dem Moment, als ich den Fuß auf den alten Anleger setzte, begann es im ganzen Körper zu kribbeln. Ein ganz neuer Ort! Lena und ich machten uns auf, die Insel zu erkunden. Hier gab es überall Zementtreppen und alte Zäune. Unsere Hände klebten an sonnenerwärmten schwarzen Felsen fest. Wir rannten und kletterten wie die Verrückten.

»Guck mal, das sieht aus, als ob der Kontinentalsockel hier zu Ende ist«, sagte Lena, als wir einen der höchsten Hügel erklommen hatten und in eine kleine Bucht voll mit runden grauen Felssteinen hinabschauten.

Es war etwas schwierig, dort hinunterzugelangen, aber bald hockten wir da unten am Ufer und legten die Hände auf die glatten Steine. Nur das Meer konnte so etwas schaffen. Alle Ecken und Kanten waren abgeschliffen. Ich sah vor mir, wie die Wellen genau hier ans Land geschlagen waren und die großen Steine dazu gebracht hatten, sich Tausende von Jahren lang aneinanderzureiben. Warm und froh setzte ich mich auf einen der größten und schaute hinaus. Ein kaum spürbarer Wind ließ rosa Strandnelken hin und her schwingen. Und über uns ragte der weiße Leuchtturm auf.

»Kommst du?«, fragte Lena.

Wir gingen zu dem alten Haus. Die Fenster waren hinter großen Holzplatten versteckt und die Tür war abgeschlossen. Wie lange es wohl her war, dass hinter diesen Wänden jemand einen Kaffee gekocht, einen Mittagsschlaf gehalten oder abgewaschen

hatte? Im Stall gelang es Lena, eine Öffnung hinter einer verrotteten Latte zu finden. Drinnen war es dunkel und ganz still – das Licht drang nur in schmalen Streifen herein. Lena klopfte gegen die Holzwände und untersuchte den ganzen Raum, und plötzlich merkte ich, dass sie größer geworden war. Wenn sie sich auf die Zehen stellte, konnte sie mit den Fingerspitzen die Decke anfassen. Lena war immer ein bisschen kleiner als ich gewesen – das war sie jetzt nicht mehr. Und was wäre, wenn jetzt die anderen in meiner Klasse auch im Sommer so viel gewachsen waren und ich als Einziger noch so klein geblieben war wie vorher? Ich lief unruhig in der Dunkelheit hin und her. Es waren bisher nur Gerüchte, aber Lena hatte gehört, dass Kai-Tommy schon in den Stimmbruch gekommen sein sollte.

»Hier hatten sie Hühner«, sagte Lena und zeigte hinter irgend so einen Maschendraht.

»Hm«, sagte ich, und da fiel mir etwas ein, das Papa eines Sonntags mal gesagt hatte, als er bei uns Hühnerfrikassee kochte: »Das war das Lieblingsessen deiner Oma, Trille. Hühnerfrikassee und selbst gemachter Saft aus roten Johannisbeeren.«

Als wir wieder zurück zum Leuchtturm gingen, sah ich zwei Johannisbeerbüsche in der Sonne gleich neben der Treppe.

Und auf der Treppe selbst thronte Opa. Er hatte die Holzschuhe ausgezogen und seinen Overall hochgerollt. Die weißen Beine leuchteten in der Sonne.

Lena schrie auf und hielt sich die Augen zu: »Ich werde schneeblind!«

»Halt den Mund!«

Opa ließ unsere mitgebrachten Butterbrotpakete durch die Luft segeln. Dabei wippte er mit den Zehen und sah äußerst zufrieden aus.

»Nein, ehrlich, hier könnte ich wohnen«, erklärte Lena und ließ sich auf die unterste Stufe sinken.

»Ja, heute ist es richtig schön auf Kobbholmen, aber es kann hier auch ziemlich heftig wehen.«

»War Trilles Oma eigentlich Leuchtturmwärterin hier?«

Lena fischte sich eine Scheibe heraus, die so groß war wie ihr ganzes Gesicht.

»Nein, ihr Vater war Leuchtturmwärter«, antwortete Opa.

»Hat sie hier draußen gelebt, als du in sie verliebt warst?«, bohrte Lena weiter nach.

Ich schielte vorsichtig zu Opa. War er genervt von all diesen Oma-Fragen? Nein, im Gegenteil. Er sah richtig fröhlich aus.

»Na, jedenfalls hat sie hier gelebt, als sie in mich verliebt war!«

»Pff«, ließ Lena die Luft durch die Zähne hinaus. »Du gibst ja nur an.«

Da erklärte Opa fast beleidigt, dass er auch einmal jung gewesen war und dazu ein flotter Bursche, ob wir es nun glauben wollten oder nicht.

»Aber ich wollte Seemann auf großer Fahrt werden und bis Schanghai, Liverpool und Baltimore fahren. Nie im Leben hätte ich mir vorstellen können, verheiratet zu sein und hier in Knert-Mathilde herumzuhängen.«

Er schüttelte den Kopf.

»Ihr hättet mal die Schlange von Mädchen sehen sollen, denen ich in meinem Leben schon einen Korb gegeben habe!«

»Ja, die hätte ich wirklich gern mal gesehen«, bemerkte Lena trocken. »Stand die Oma auch in ihr?«

Opa schmunzelte und schaute übers Meer.

»Nun ja ...«, murmelte er nur.

Eine leichte Brise kam auf und spielte mit dem Gras um die Treppenstufen herum. Dann stand Opa abrupt auf.

»Auf, Kinder, seht zu, dass ihr ins Boot kommt!«

≈

»Woher weißt du eigentlich, wo du die Angelleine auswerfen musst?«, fragte Lena, als wir uns der Boje näherten.

Opa lachte. Kein Seemann verriet seine Fischgründe!

»Hier draußen hat Inger mir die guten Stellen gezeigt«, sagte er nur. »Ich hätte ebenso gut in Ufernähe bleiben und zusammen mit Polter-Kåre und den anderen Lengdorsche fischen können. Aber das ist irgendwie nicht das Gleiche. Kriegst du die Boje zu fassen, Trille?«

Wir fingen keinen Heilbutt, aber eine ganze Menge an Lumb

und Dorsch. Opa sah sehr stark aus, wie er da an Bord seines Fischerboots arbeitete. Mir kam in den Sinn, dass ich ihm wohl doch nicht so ähnlich war, wie ich immer gedacht hatte, und das machte mich irgendwie auf eine ganz neue Art traurig. Auf jeden Fall würden in nächster Zeit für mich keine Mädchen Schlange stehen.

≈

Am Abend fuhr ich allein mit dem Fahrrad zum Friedhof. Lena hat oft versucht, mir Angst vor dem Friedhof zu machen. Sie redet dann von Gespenstern und Grabräubern und Satanisten und ich weiß nicht, wovon noch. Aber mir hat es hier immer schon gefallen. Und an diesem Tag war es besonders schön, das Tor zu öffnen und in die kühle Luft unter den Bäumen zu treten. Mein Kopf hämmerte von zu viel Sonne und Meer.

Ich ging am Grab von Tante-Oma vorbei und weiter zu dem kleinen runden Stein auf der anderen Seite des Friedhofs. »Inger Yttergård. Geb. 6. Mai 1933, gest. 22. November 1968«, stand da mit goldenen Buchstaben. Wie sie wohl gewesen war, die Frau, mit der Opa verheiratet gewesen war? Mama hatte mir erzählt, dass sie an Krebs gestorben war. Wenn ich daran dachte, krampfte sich mir das Herz zusammen. Aber es war Opa, der sie verloren hatte, und Papa. Lange bevor es mich gab. Ist es möglich, jemanden zu vermissen, dem man nie begegnet ist? Ich strich mit der Hand über den glatten Stein und plötzlich erinnerten sich meine Fingerspitzen an etwas. Ich trat einen Schritt zurück und schaute das Grab an, das ich schon immer etwas ungewöhnlich gefunden hatte. Der Grabstein, das war ein Kobbholmen-Stein.

Teil 2

Viel Wirbel und Trara

Kai-Tommys Stimme

Und dann kam der Herbst. Von meinem Fenster aus sah ich, wie die Troll munter aus einem graublauen Augustfjord hinaustuckerte. Ich sollte zurück in das von der Uhr bestimmte Leben, während Opa weitermachen konnte wie bisher. Fischen, Kaffee trinken und in Ruhe gelassen werden.

Als ich mich vom Fenster wegdrehte und meinen Schulranzen hochhob, spürte ich, dass ich mich trotzdem ein wenig freute. Denn heute sollte ich Birgitte wiedersehen. Zum ersten Mal in meinem Leben stand ich lange vor dem Kleiderschrank und überlegte, was ich anziehen sollte. Nichts von allem da drinnen war besonders cool, fand ich zumindest. Im Badezimmer stibitzte ich mir ein bisschen Haargel von Magnus.

Normalerweise steht Mama immer vor mir auf, aber an diesem Morgen, dem ersten Schultag, schlief sie noch.

»Ist sie krank?«, fragte Magnus und forschte nach etwas Essbarem im Kühlschrank.

»Sie ist nur müde«, sagte Papa.

Dabei hatte er eine Falte auf der Stirn. Schnell wie der Wind packte ich mein Schulbrot ein und sprang in meine Gummistiefel, damit ich zusammen mit Minda und Magnus zu ihrer Bushaltestelle gehen konnte.

»Minda? Hast du gesehen, wie besorgt Papa aussah?«

Ich lief neben ihr her.

»Papa ist immer besorgt.«

»Aber sonst verabschiedet Mama uns immer und wünscht uns einen schönen Tag«, fuhr ich fort.

Da blieb Minda stehen.

»Hast du dir mal überlegt, dass Mama vielleicht nicht nur dafür lebt, aufzustehen und dir einen schönen Tag zu wünschen, Trille? Vielleicht findet sie es einfach herrlich, mal ein bisschen länger zu schlafen? Vielleicht hat sie auch ihr eigenes Leben?«

Ich öffnete den Mund, um etwas zu erwidern.

»Und wenn du nicht bald damit aufhörst, in diesen Gummistiefeln zur Schule zu gehen, dann gibt es keine Hoffnung mehr für dich«, beendete sie ihre Predigt und lief zum Bus.

Ich blieb stehen und schaute ihr nach. Was war denn verkehrt daran, mit Gummistiefeln in die Schule zu gehen? Schließlich regnete es doch! Jemand zog an meiner Kapuze, sodass ich fast erwürgt wurde.

»Hallihallo, du Zwerg. Bereit für die Siebte? Wir werden in der Schule schon klarkommen«, sagte Lena grinsend.

Zum Glück trug sie auch Gummistiefel.

Unsere Bucht liegt etwas abgelegen, deshalb ist es ein Stück zu gehen zur Schule. Zuerst müssen wir den Weg nehmen, der hoch in die Bakkane führt, anschließend folgt ein ziemlich langes Stück mit Wasser auf der einen und dichtem Nadelwald auf der anderen Seite. Ich weiß nicht, wie oft Lena schon in diesem Wald verschwunden ist und mich zu Tode erschreckt hat, wenn sie weiter vorn wieder auf den Weg sprang. Aber heute ging sie die ganze Zeit neben mir her. Von Birgitte war nichts zu sehen.

»Wusstest du, dass Ellisiv das gekauft hat?«, fragte Lena, als

wir an der allein gelegenen roten Hütte vorbeikamen, die zwischen Nadelwald und Fähranleger liegt.

»Ja, Mama hat es mir erzählt.«

»Vielleicht müssen wir bald zusammen mit unserer Lehrerin zur Schule gehen?«

Lena sah aus, als wüsste sie nicht so recht, was sie davon halten sollte. Denn sie mochte Ellisiv schrecklich gern.

Am Fähranleger war es leer. Der Kiosk hatte noch nicht geöffnet. Nachmittags hingen hier immer die Jugendlichen aus dem Ort ab. Sie fuhren Moped und saßen auf den Bänken herum.

»Hier rumhocken und der Fähre nachstarren, da stirbt dir doch vor Langeweile das Gehirn ab«, hatte Lena einmal erklärt. »Guck dir nur Magnus an.«

Das war nicht gerade nett, wie sie da über meinen großen Bruder redete. Aber irgendwie hatte sie schon recht.

Als wir auf den Schulhof kamen, hing Kai-Tommy über seinem Fahrradlenker und schrie uns etwas zu. Seine Stimme klang dunkel wie die eines Erwachsenen, aber zum Schluss überschlug sie sich und die letzten Worte hörten sich an wie Möwengekrächze.

»Er ist tatsächlich im Stimmbruch.«

Lena war gleichzeitig beeindruckt und schockiert.

»Seid ihr schwerhörig?«, fragte er und bremste direkt vor uns.

Er trug neue schwarze Turnschuhe und eine Mütze und einen Kapuzenpullover, dafür keinen Fahrradhelm.

»Das liegt an deiner neuen Stimme, da habe ich nicht alles mitgekriegt, was du gesagt hast«, erwiderte Lena ehrlich.

Kai-Tommy sprang vom Rad. »Ich habe gefragt: Habt ihr Birgitte gesehen?«

Hä? Wieso kannte Kai-Tommy Birgitte?

Das tat er tatsächlich. Anscheinend war er die letzten Tage mit ihr unterwegs gewesen. Er und Tore. Sie waren zum Fähranleger gegangen und hatten dort gebadet, und sie waren sogar oben in den Bakkane zu Besuch gewesen. Ich musste mich zusammenreißen, damit mir der Mund nicht offen stehen blieb. Schließlich war ich derjenige, der Birgitte zuerst gefunden hatte! Was um alles in der Welt wollte sie denn mit den beiden anfangen? Das waren doch die größten Idioten in der ganzen Schule!

Lena berichtete, dass sie Birgitte seit dem großen Schiffbruch vor ein paar Wochen nicht mehr gesehen hatte.

»Weißt du, wir waren dem Tode nahe, und ich denke, nachdem uns Reidar eine gewaltige Standpauke gehalten hat, war sie total erschrocken.«

Musste Lena immer alles ausplaudern? Ich wollte nicht, dass Kai-Tommy solche Dinge erfuhr. Nichts über Birgitte. Nichts über mich. Und auf keinen Fall etwas über meinen Vater.

Was für ein missglückter Start. Lena blieb stehen und unterhielt sich weiter mit Kai-Tommy – sicher, weil er so eine schräge Stimme bekommen hatte. Ich schlurfte ins Gebäude und sah mit meinen Gummistiefeln aus wie ein Idiot. Auf dem Flur vor unserem Klassenzimmer war es leer und still. Überall lagen Schultaschen herum. Der letzte Rest des Sommers sickerte aus mir heraus. Ich lehnte mich gegen die Wand und ließ mich hinunterrutschen. Jetzt war Opa irgendwo draußen auf dem Meer. Und ich hockte hier.

»Alles in Ordnung?«

Zwischen all den Schultaschen hatte ich sie gar nicht gesehen. Es schien fast, als hätte sie sich versteckt. Birgitte. Und sie redete auch noch norwegisch.

»Äh, ja«, sagte ich und wurde rot. »Und bei dir?«

Sie zuckte leicht mit den Schultern. Ich weiß nicht so recht, was ich erwartet hatte, aber nachdem Kai-Tommy erzählt hatte, dass er und Tore mit ihr zusammen gewesen waren, hatte ich wohl gedacht, sie käme jetzt überheblich und vollkommen cool in die Schule. Aber sie war noch ganz die Alte. Ein vorsichtiges Lächeln und eine leise Stimme. War es möglich, so zu sein und trotzdem mit Kai-Tommy befreundet zu sein?

Als es zum Unterricht klingelte, hatte der schiefe Morgen sich etwas zurechtgeruckelt. Ich hatte mich eine ganze Weile mit Birgitte unterhalten. Ich hatte ihr von Ellisiv, der Schule und der Klasse erzählt. Birgitte fragte, ob wir noch mehr Flöße gebaut hätten, was ich auf das Heftigste verneinte. Da lächelte sie, dass mir ganz benommen im Kopf wurde.

Lena und ich gehen zur Musikschule

Dann, schon am Dienstag, war es Zeit für unsere erste Stunde in der Musikschule. Die ganze fünfte Klasse und jetzt die ganze sechste Klasse sollte ein Instrument lernen. Lena Keyboard und ich Klavier. Ich hatte Mama schon oft erklärt, dass ich lieber Schlagzeug spielen wollte, aber aus irgendeinem Grund kam das einfach nicht infrage.

»Ich spüre, dass ich ein Talent fürs Trommeln habe«, erklärte ich Lena.

Wir hatten auch dieses Jahr direkt nacheinander unsere Stunde.

»Auf jeden Fall bist du kein großes Talent am Klavier«, erwiderte sie und schleuderte die Plastiktüte mit dem Keyboard-Lehrbuch wie einen Vorschlaghammer um ihren Kopf.

»Ich bin immer noch besser als du«, murmelte ich.

Meine beste Freundin ist grottenschlecht auf dem Keyboard. Ylva, ihre Mutter, liebt Musik und spielt alle möglichen Instrumente, aber Lena hat nicht einen Zipfel von deren musikalischem Talent geerbt. Manchmal, wenn ich höre, wie Lena sich mit einem Song auf dem Keyboard abmüht, kommt mir der Gedanke, dass ihr Vater, der noch vor ihrer Geburt abgehauen ist, ein absolut unmusikalisches, taubes Ei gewesen sein muss. Aber das habe ich Lena gegenüber natürlich noch nie gesagt. Ylva hofft insgeheim wohl immer noch, dass ihre Tochter im tiefsten Inneren eine winzige musikalische Ader haben könnte. Auf jeden Fall achtet sie genau darauf, dass Lena auch übt.

Aber Herr Rognstad, unser Lehrer, er kommt nicht klar mit Leuten, die nicht gut sind. Es scheint fast so, als glaubte er, wir wären absichtlich talentlos. Lena wird ganz komisch, wenn wir bei ihm sind. Sie schaut zu Boden und macht sich ganz klein, murmelt nur »Ja« oder »Okay«, egal wie ungerecht er auch immer zu ihr ist. Und das ausgerechnet Lena, die sonst doch jedem ihre Meinung sagt. Ich kapiere das nicht.

»Dieses Jahr höre ich auf«, erklärte Lena jetzt.

»Und die Skier?«, fragte ich, denn Ylva hatte Lena neue Skier zu Weihnachten versprochen, wenn sie noch ein Jahr durchhielte.

»Ach, bestimmt gibt es dieses Jahr wieder so wenig Schnee wie letztes. Ich hasse die Musikschule. Und ich kann doch nicht weitermachen mit etwas, das ich hasse.«

»Ich kann nicht aufhören. Mama sagt …«

»Trille.«

Lena blieb stehen. »Hast du schon mal überlegt, dass es ab und zu möglich sein könnte, dass du recht hast und deine Mama sich irrt, Trille?«

Ich versteckte mich tief im Jackenkragen und schüttelte den Kopf. Aber nachdem Lena das gesagt hatte, kam mir in den Sinn, dass es da so einiges gab, was Mama in letzter Zeit gesagt oder getan hatte, womit ich wirklich nicht einverstanden war.

»Findest du, dass meine Mama im Augenblick etwas merkwürdig ist?«, fragte ich.

»Merkwürdig? Sie ist absolut irre, Trille.«

»Und was glaubst du, woran das liegt?«

»An den Wechseljahren.«

Es schien mir, als hätte Lena nur darauf gewartet, dass ich fragte: Wechseljahre?

»Ist das eine Krankheit?«

Nun ja. Das käme wohl drauf an, wie man die Sache so sieht, meinte Lena. Alle Frauen müssten das durchmachen, wenn sie so alt sind, dass sie keine Kinder mehr kriegen könnten. Ihr Körper verändert sich und wird so, wie der Körper alter Frauen nun mal ist. Aber bevor diese Verwandlung fertig ist, gibt es viel Schwitzen, Nervosität und Elend.

»Einige werden dick, andere werden nur traurig. Ich glaube, deine Mama hat von beidem was.«

Ich hörte erschrocken zu. Die arme Mama!

»Dann wäre es am besten, wenn ich zu einem anderen Zeitpunkt mit dem Klavierspiel aufhöre«, sagte ich.

»Ist wohl das Beste«, bestätigte Lena. »Aber ich werde aufhören. Meine Mutter ist ja schließlich deutlich jünger als deine.«

Und dann waren wir angekommen. Lena zog die Tür zur Musikschule mühsam und widerwillig auf.

»Ich hoffe nur, dass Kai-Tommy auch dieses Jahr vor mir dran ist.«

Kai-Tommy ist noch schlechter als Lena. Eine Zeit lang, als die Feindschaft zwischen Lena und ihm ihren Höhepunkt erreicht hatte, hatte sie darauf bestanden, immer eine Viertelstunde vorher in der Musikschule zu sein, damit sie im Flur vor der Tür stehen und alle Schimpfkanonaden und Seufzer da drinnen genießen konnte.

Doch an diesem Tag standen wir schweigend da. Durch die geschlossene Tür zum Musikzimmer drang fantastische Klaviermusik.

»Definitiv nicht Kai-Tommy«, stellte Lena fest.

Sie lauschte resigniert den Klaviertrillern.

»Vielleicht spielt ja Rognstad selbst«, versuchte ich, ihr Mut zu machen.

Dann ging die Tür auf – und heraus kam Birgitte.

»Hallo!« Sie lächelte überrascht.

Unter ihrem Arm klemmte ein Notenstapel. Mir wurde heiß und kalt und wieder heiß. Konnte sie auch noch Klavier spielen?

»Dann bis nächste Woche, Birgitte«, sagte Rognstad lächelnd.

Danach drehte er sich zu Lena um und sackte ein wenig in sich zusammen.

»Du bist dieses Jahr auch wieder dabei, kleines Fräulein Lid?«

Lena hätte am liebsten etwas richtig Lenatypisches erwidert, das konnte ich sehen, aber sie kniff nur die Lippen zusammen. Ich weiß nicht, wer am lautesten seufzte, als sie hineingingen, Rognstad oder Lena.

≈

»Und, wie ist es gelaufen?«, fragte ich auf dem Heimweg.

Als Lena herausgekommen war, erschien mir ihr Blick noch finsterer als sonst.

»Geht so.«

Bei mir war es auch »geht so« gelaufen. Aber jetzt wollte ich das ändern. Ich konnte doch nicht wie ein Schweinswal spielen, wenn Birgitte vielleicht zuhörte. Und außerdem, jetzt konnte ich jeden Dienstag mit ihr plaudern. Ich konnte ihr norwegische Wörter beibringen und so.

»Vielleicht können wir ja Birgitte fragen, ob sie nächstes Mal mit uns zusammen zu Herrn Rognstad gehen will?«, schlug ich vor.

Lena trat nach einem Stein, der meilenweit davonflog.

»Hast du nicht gehört, dass ich aufhören will?«

Aber am nächsten Dienstag stand Lena doch mit ihrer Keyboardnotentüte da und wartete auf mich.

»Wolltest du nicht aufhören?«, fragte ich überrascht.

»Glaubst du, ich kann mir die Skier selbst kaufen?«, zischte sie und schielte hinüber zur Abzweigung hoch zum Hügel-Jon-Weg, wo Birgitte schon wartete.

Der neue Fußballtrainer

Dank Birgitte gefiel mir die Musikschule viel besser, als ich gedacht hatte. Während das mit dem Fußball zehnmal schlimmer war.

»Ach, du mein Schreck«, murmelte Lena, als sie ihr Fahrrad an die Fußballplatzabsperrung lehnte. »Wo ist denn Axel?«

Unser alter Fußballtrainer, der Lenas Talent als Torhüterin entdeckt hatte und der der netteste Mensch auf der ganzen Welt ist, war nirgendwo zu sehen. Stattdessen stand Kai-Tommys Vater da.

»Wieso will der uns denn trainieren?«, flüsterte Lena. »Wir sind doch grottenschlecht.«

Als er noch jung gewesen war, hatte Ivar, Kai-Tommys Vater, in der Ersten Liga gespielt. Das hat Kai-Tommy allen schon mal erzählt, die Ohren haben. Kai-Tommys großer Bruder ist auch so ein richtiges Talent. Er spielt in der Juniormannschaft der Stadt und trainiert sogar manchmal mit dem A-Team. Ihn hat sein Vater schon all die Jahre hindurch trainiert.

Wenn Ivar ausnahmsweise mal bei einem unserer Spiele auftaucht, steht er nicht wie die anderen Eltern am Rand und feuert uns an, ganz gleich wie gut oder schlecht wir spielen. Nein, er ist ganz ruhig, aber er beobachtet alles. Kai-Tommy schuftet dann immer wie ein Verrückter – und schimpft doppelt so viel wie sonst mit uns anderen, wenn wir unmöglich spielen, besonders mit mir.

Nach so einem Kampf, als Kai-Tommy mir verkündet hatte, ich sei auf dem Niveau der kleinen Knirpse und eine Schande für das ganze Team, hatte Lena mir auf unserem Heimweg so einiges erklärt: »Kai-Tommy hat einen großen Minderwertigkeitskomplex, was Fußball betrifft, Trille.«

»Was für einen Minderwertigkeitskomplex?«, fragte ich wütend, denn ich hasste Kai-Tommy aus vollem Herzen, so sehr, dass es fast schon aus meinen Ohren rauchte.

Er hatte mich fast zum Heulen gebracht!

»In Kai-Tommys Familie ist Fußball das Wichtigste auf der

Welt. Sein Bruder ist wahnsinnig gut, während Kai-Tommy es nicht so draufhat.«

»Er ist der Beste in unserer Mannschaft«, erklärte ich mit fester Stimme.

»Pff«, schnarrte Lena nur. »Wenn er schreit und meckert, ja, dann glauben das alle. Und er kann hart schießen. Aber seine technischen Fähigkeiten lassen zu wünschen übrig.«

Technische Fähigkeiten? Wo schnappte Lena nur all diese Wörter auf?

»Aber ...«, wollte ich widersprechen.

»Kai-Tommy ist glatter Durchschnitt, Trille. Und das beeindruckt seinen Vater sicher nicht besonders.«

Mehr sagte Lena nicht. Aber nach diesen Informationen war es einfacher, Kai-Tommy und sein Gemecker zu ertragen. Er hat einen Minderwertigkeitskomplex, das dachte ich jedes Mal, wenn er mir irgendwas Dummes hinterherrief. Und außerdem lassen seine technischen Fähigkeiten zu wünschen übrig.

Aber jetzt, beim Training an diesem Tag, wurde mir klar, dass die Dinge sich änderten. Kai-Tommys Vater stand im schwarzen Trainingsanzug mitten auf dem Platz und ließ einen Ball unter seiner Schuhsohle hin und her rollen. Er sah lebensgefährlich aus. Kai-Tommy warf den Pony nach hinten und versuchte, sich aufzuplustern. Mir war sofort klar, der Minderwertigkeitskomplex würde sich bei jedem Training anders zeigen.

»Ich wette, diese Freundin von Axel hat ihn dazu überredet, mit dem Training aufzuhören, damit sie jeden Abend mit ihm im Café hocken kann«, murmelte Lena.

Wir mochten die Freundin unseres alten Trainers nicht. Sie war so hübsch, dass sie davon ganz schnippisch geworden war, das meinte jedenfalls Lena, und außerdem verstand sie weder was von Fußball noch von Axel. Jetzt sahen wir Axel vor uns in einem Café in der Stadt, während wir hilflos und verlassen hier herumstanden.

»Ja, ja.« Lena seufzte und zog sich die Torhüterhandschuhe über.

Und ich begriff, dass sie gar nicht daran dachte, zuzulassen, dass der Trainerwechsel ihrer Spielfreude einen Dämpfer versetzen könnte.

Alle Jungs aus meiner Klasse waren erschienen – und ein paar aus der Klasse unter uns. Kai-Tommys Vater kickte den Ball hoch in seine Hände. Er hatte schwarzes, glänzendes Haar und war für einen Vater erstaunlich schlank. Dann fing er an zu reden.

»Ab jetzt erwarten wir von jedem Einzelnen so einiges. Im nächsten Jahr werden viele von euch anfangen, in der Stadt zu spielen, und wenn wir euch so weit bringen wollen, müssen wir langfristig denken. Es ist dreimal die Woche Training angesetzt, und keiner darf ohne gute Entschuldigung zu Hause bleiben.«

Ich schluckte.

»Gulliver, Tores Papa, ist Schiedsrichter. Er wird sich um das Praktische kümmern. Wenn ihr noch irgendwelche Fragen habt …«

Lena und ich schauten uns an. Kai-Tommys Vater und Tores Vater? Das roch nach einer Verschwörung!

»Wer war bis jetzt Torhüter?«

Mir fiel die Kinnlade runter. War es möglich, dass er das nicht wusste? Alle im Ort wussten doch, dass Lena im Tor der Jungsmannschaft stand.

Jetzt stieg sie in den Ring, mit den Torhüterhandschuhen an den Fäusten, und schaute den Mann im schwarzen Trainingsanzug trotzig an.

»Ich.«

»Nur du?«

Die anderen stampften unruhig auf der Stelle, dann stieg Tore in den Ring.

»Ich war vorher ein paarmal auch drin, wenn Lena krank ist …« Er warf ihr einen kurzen Blick zu, fast als hätte er Angst vor ihr.

Tore, Sohn des frischgebackenen Schiedsrichters und Kai-Tommys bester Freund, war in diesem Sommer mindestens zwanzig Zentimeter gewachsen. Die Arme hingen ihm lang und torhüterartig an den Seiten herunter. Lena war ja auch ein bisschen gewachsen, aber sie war immer noch so knochendürr wie vorher. Und ihre Mutter war so weit von der Position einer Schiedsrichterin entfernt, wie es nur geht. Ylva kennt nicht einmal die Fußballregeln, da bin ich mir sicher.

Und ich frage mich, ob Lena bereits damals, an diesem Tag, als sie neben Tore auf dem Feld stand, begriff, dass sich die Dinge änderten.

An das restliche Training möchte ich mich gar nicht erinnern. Wir mussten laufen, bis wir Blutgeschmack im Mund hatten, und bei so gut wie allen Übungen war ich der Letzte. Noch niemals hatte ich mich so fehl am Platz gefühlt. Hinten im Tor wurden Lena und Tore getestet, aber davon bekam ich nichts mit.

Als wir nach Hause fuhren, hatte Lena Schürfwunden auf beiden Ellbogen, winzige Kieskrümel im Gesicht und war so erschöpft, dass sie das Fahrrad den letzten Hügel hinaufschob. Sie sagte kein einziges Wort, bis wir uns trennten. Da schaute sie über den Fjord und zu Opa, der langsam vom Bootsschuppen heraufkam.

»Hör nicht auf, Trille.«

Ich gab ihr nicht einmal eine Antwort. Ich hatte nur eins im Sinn: aus den widerlichen Trainingsklamotten rauszukommen und unter die Dusche zu springen.

»Wir sehen uns morgen«, sagte ich nur.

Und dann ging sie.

Der Salzstein

Lena fragte nie wieder. Zum nächsten Training fuhr sie allein. Ich stand am Fenster und sah, wie sie davonradelte, ohne sich auch nur einmal umzusehen. Zwei Sekunden lang bekam ich Lust, hinter ihr herzuspringen, aber dann dachte ich an Kai-Tommys Vater, und mich überlief ein kalter Schauer. Das schaffte ich einfach nicht.

»Hast du aufgehört?«, fragte Papa.

Ich wand mich. Nun ja, ging das überhaupt, aufhören? Alle Jungs spielten doch Fußball.

»Ich mache eine Pause«, murmelte ich.

Normalerweise lässt Papa mich nicht so leicht davonkommen. Aber an dem Tag schien es, als wären seine Gedanken ganz woanders.

»Na gut. Wenn du nicht zum Fußballtraining gehst, dann kannst du dich ja in Form halten, indem du deinem Vater hilfst«, sagte er. »Ich muss einen neuen Salzstein zu den Schafen hochbringen.«

Machte er Witze? Ein Salzstein wog zehn Kilo und der sollte ganz hoch nach Kanten? Das würde den ganzen Nachmittag dauern. Ich wollte gerade etwas in der Richtung Kinderarbeit sagen, so wie Lena es immer tut, aber dann sah ich die Falte auf seiner Stirn. Mama lag auf dem Sofa und schlief, und in der Küche sah es aus wie nach einem Meteoriteneinschlag.

»Okay«, sagte ich und ging in die Scheune.

Kanten, das ist das Ende einer endlos langen Bergwand, die unten am Fjord beginnt und die ganze Zeit steil nach oben führt. Schon lange bevor ich mich dem Hof von Hügel-Jon näherte, keuchte ich schwer. Aber dann kam mir ein Gedanke, der mich geradezu beflügelte. Vielleicht war Birgitte ja zu Hause, wenn ich dort vorbeiging?

In den letzten Jahren, in denen Hügel-Jon mit seinem Hügel-Gaul auf den Bakkane gewohnt hatte, war dort alles ziemlich heruntergekommen. Im Scheunendach fehlten Dachziegel, die Farbe blätterte von den Wänden und aus allen Beerenbüschen ragten lange Grasbüschel. Als ich den Hof jetzt wiedersah, musste ich zweimal hingucken und erst einmal stehen bleiben. Die Wiese strahlte grün und war frisch gemäht. In einer ganzen Reihe von Kisten wuchsen Kräuter und Gemüse. Das Scheunendach war dicht wie eine Regenjacke und die Wände frisch gestrichen.

Ein Duft nach frisch gebackenem Brot drang durch das Küchenfenster nach außen. Und da drinnen sah es bestimmt nicht wie nach einem Meteoriteneinschlag aus, dachte ich und musste seufzen.

»Hallo!«

Der Schriftstellervater kletterte an der Rückwand des Hauses eine Leiter herunter.

»Trille, is it?«

Ich nickte, und da fiel mir ein, dass er mich ja wohl dafür verantwortlich hielt, dass seine Tochter fast ertrunken wäre.

»Do you look for Birgitte?«

Ich wurde rot und schüttelte den Kopf. Es war unmöglich, ihm das mit dem Salzstein auf Englisch zu erklären, also klopfte ich nur auf den Rucksack und sagte: »To the sheep.«

Und dann lief ich weiter.

Der Trampelpfad war nach all dem Regen in den letzten Tagen rutschig, aber solange ich versuchte, auf die Steine zu treten, ging es schon. Kleine Birkenzweige und Erlengestrüpp schlugen mir ins Gesicht. Papa hätte schon lange mit der großen Heckenschere den Weg frei machen sollen. Warum hatte er das dieses Jahr nicht getan? Mein ganzes Leben lang hatte ich immer gedacht, dass Eltern alles können. Doch jetzt fing ich an zu zweifeln. Bei mir zu Hause herrschte nur noch ein großes Chaos. Es gab Stirnfalten und das komplette Durcheinander, Schlafen und Streiten. Ich biss die Zähne zusammen und versuchte, an etwas Schönes zu denken, aber der Salzstein drückte mir in den Rücken und die Beine taten von dem steilen Aufstieg weh.

»Trille?«

»Huhu!«

Birgitte und Haas standen plötzlich direkt vor mir.

»Auf den Berg?«, fragte sie.

Ich nickte.

»Pilze«, sagte Birgitte und öffnete einen großen Korb.

Da drinnen leuchtete es ganz gelb. War es nicht lebensgefährlich, Pilze zu essen? Das hatte ich schon gelernt, als ich noch ganz klein gewesen war. Man kann daran sterben oder eine Nierenverkalkung kriegen, wenn man nur ein winziges Fitzelchen von der falschen Sorte isst.

Ich weiß nicht so recht, wie es dazu kam, aber Birgitte stellte ihren Korb ab und begleitete mich weiter hinauf. Die Septembersonne schien warm, der Trampelpfad wurde trockener und der Salzstein war nicht mehr so schwer. Keiner sagte besonders viel. Offenbar war sie schon vorher mal hier oben gewesen. In dem Buch an dem kleinen Wegzeichen, das Minda und Papa mal gebaut hatten, stand ihr Name mehrere Male. Jetzt wollte sie wissen, wie alles, was wir sahen, hieß. Ich stellte den Salzstein an seinen Platz und ließ mich neben dem Wegzeichen auf den Boden fallen. Wenn wir mit Papa hier oben waren, hatte er uns immer alles Mögliche gezeigt und erklärt. Nur zu dumm, dass ich damals nicht besser aufgepasst hatte! Ich zeigte ihr die Inseln und die Berge, deren Namen ich mit Sicherheit kannte.

»Und die kleine Insel da ganz weit draußen, das ist Kobbholmen«, sagte ich schließlich. »Da hat meine Oma gelebt, als sie klein war.«

Ich sah, welchen Eindruck das auf Birgitte machte. Eine Großmutter von so weit draußen im Meer zu haben. Opa war auf dem Weg hinaus, sicher wollte er Netze auswerfen. Birgitte schaute versonnen auf den winzigen Bootspunkt und fragte, woher ich denn wisse, dass er das ist. Ich zuckte mit den Schultern.

»Es gibt wohl kaum Berge in den Niederlanden?«, fragte ich.

Womit ich recht hatte. Aber es gab andere schöne Dinge. Und während die Sonne mit den Wolken Katz und Maus spielte, erzählte Birgitte in einer Mischung aus Englisch und Norwegisch von dem Leben und den Freunden, die sie verlassen hatte.

»Sehnst du dich zurück?«, fragte ich mutig.

Lächelnd zuckte sie mit den Schultern. Sie sei es ja gewohnt, sich zurückzusehnen, erklärte sie.

»Wir reisen viel.«

Haas hatte sich neben meine Beine gelegt und sah mich ab und zu fragend an.

»Er fragt sich, wo Lena ist«, meinte Birgitte lachend.

Als sie den Namen sagte, sperrte der Hund die Augen auf. Lena nimmt Hühner mit auf den Schlitten, reitet auf Kühen, erschrickt die Pferde und steckt Katzenjunge in die Schmutzwäsche, um ihre Mutter zu erschrecken. Und dennoch kenne ich kein einziges Tier, das Lena nicht mag.

»Lena ist beim Fußballtraining«, murmelte ich und schluckte mein schlechtes Gewissen runter.

Und das war sie wirklich. Lena war so intensiv beim Fußballtraining gewesen, dass sie immer noch vor Wut schäumte, als ich später am Abend bei ihr vorbeischaute.

»Ich hasse Plätze mit Kiesbelag!«, schrie sie.

Sie saß auf dem Küchentisch, frisch geduscht und ganz rot. Isak reinigte die Wunden an ihren Knien und hörte geduldig allem zu, was sie da von sich gab.

»Warum können wir in diesem blöden Ort nicht eine Kunstrasenfläche haben wie alle anderen auch? Aua!«

Ich setzte mich auf einen Stuhl und fragte vorsichtig, wie es denn gelaufen sei. Lena fauchte.

»Ich hasse Jungs, ich hasse Trainer und ich hasse Kies. – Was hast du eigentlich gemacht?«

Ich erzählte von dem Salzstein, brachte es aber nicht über mich, auch von all dem anderen zu berichten. Dass ich den Weg zusammen mit Birgitte gegangen war, dass ich hinterher mit zu ihr gegangen war und gebratene Pfifferlinge auf Sauerteigbrot gegessen hatte. Und es das Beste war, was ich jemals in meinem Leben gegessen hatte. Und dass ich danach zwar ein wenig Angst hatte, an Nierenversagen zu sterben, aber dass es das fast wert gewesen war.

Die Mädchen in der Klasse

»Ihr sollt euch ein Buch aussuchen«, sagte Ellisiv und schaute in die Runde. »Und dann macht ihr eine Buchvorstellung, und vergesst dabei den Autor nicht.«

Ein Stein plumpste in meinen Magen. Vor der Klasse zu reden, war das Schlimmste, was ich mir vorstellen konnte.

»Du bist doch so eine Begabung, wieso solltest du dich dann davor fürchten?«, neckte Lena mich gern.

Tante-Oma hat mich immer so genannt. »Du bist eine Begabung, Trille. Aus dir wird noch einmal etwas Großes«, das pflegte sie immer zu sagen. Lena findet, das ist eine ganz tolle Bezeichnung.

Niemand in der Welt hat Lena jemals eine Begabung genannt. Sie ist gut in Sport und Pausen. Alles andere an der Schule ist ihrer Meinung nach unnötige Plackerei. Mathe ist am schlimmsten. Die Hälfte aller Stunden ist sie draußen in einem Gruppenraum, zusammen mit Andreas und einem eigenen Lehrer. Sie hat schon versucht, Ylva und dann später auch Ellisiv zu erklären, dass es Zeitverschwendung ist, einen Menschen dafür abzustellen, ihr Mathematik beizubringen. Sie will ja sowieso Torhüterin werden und wird deshalb nie dieses ganze Rechnen können müssen. Doch das nützt nichts. Ylva und Ellisiv sind fest davon überzeugt, dass Lena auch Mathe können muss, genau wie jeder andere Mensch.

Wobei ich nicht verstehe, warum sie sich Sorgen machen. Lena wird so oder so schon zurechtkommen. Ich legte den Kopf schwer auf das Pult und starrte auf meine feuchten Joggingschuhe.

»Ihr sollt in Gruppen arbeiten«, hörte ich Ellisiv sagen, und da kniff ich die Augen fest zusammen, denn sollte ich mit Kai-Tommy oder Tore zusammenarbeiten müssen, dann könnte ich mich gleich aufhängen.

»Trille, Lena und Birgitte. Ihr könnt euch in die Bibliothek setzen …«

Mein Herz übersprang mindestens einen Schlag. Verwirrt sammelte ich meine Bücher ein.

»Guck mal, wir haben drei Mädchen in der Klasse«, murmelte Kai-Tommy, als ich an ihm vorbeiging.

Tore und ein paar andere kicherten, aber ich tat, als hätte ich nichts gehört. Schließlich waren sie nicht diejenigen, die mit Birgitte in einer Gruppe sein durften.

Unsere Bibliothek ist nicht besonders groß. Ich bin oft abends hier zusammen mit Mama und habe wohl das meiste schon gelesen. Jetzt legte Lena sich aufs Lesesofa und schlug die Stiefelhacken zusammen, sodass es im ganzen Raum widerhallte. Birgitte und ich, wir setzten uns jeweils auf einen Stuhl und legten unsere Hefte auf den Tisch. Seit dem Floßschiffbruch waren wir drei nicht wieder allein gewesen.

»Wir nehmen *Michel aus Lönneberga*«, erklärte Lena entschlossen. »Das habe ich als Film.«

»Äh, ist das nicht für kleine Kinder?«, räusperte ich mich.

»Nein. Das passt ausgezeichnet«, widersprach Lena.

Ich schaute Birgitte an. In der Klasse sagte sie nur selten etwas. Aber jetzt schien es, als wäre sie etwas lockerer.

»Von mir aus können wir das gern nehmen«, sagte sie.

Sie hatte das Buch auf Niederländisch gelesen, als sie noch

kleiner gewesen war. Und das war doch eine gute Möglichkeit, Norwegisch zu lernen, wenn sie den Inhalt bereits kannte. Außerdem hatte sie in der vierten Klasse ein Projekt über Astrid Lindgren gemacht. Und wir könnten ja auch über ihre anderen Bücher etwas erzählen.

»Von mir aus«, stimmte Lena zu. »Aber ich will, dass es um *Michel aus Lönneberga* geht, denn …«

»… denn den hast du als Film«, beendete ich den Satz.

≈

In der Woche kamen Lena und ich immer als Erste nach Hause. Dann suchten wir in allen Schränken in beiden Häusern nach etwas zu essen, um bis zum Abendessen zu überleben. Papa hatte angefangen, seine Lieblingskekse in der Sockenschublade im Schlafzimmer zu verstecken. An diesem Tag stand eine Obstschale mit alten Weintrauben in unserer Küche und wir setzten uns dort an den Tisch.

»Was für ein Durcheinander.« Seufzend schob Lena einen Haufen Zeitungen auf dem Küchentisch zusammen, damit sie Platz für das Tablet hatte. »Geht hier alles nur noch drunter und drüber?«

Ich schaute mich um. Momentan war es wirklich extrem unordentlich in unserem Haus.

»Denkt ihr denn, dass Kari wie so ein Müllarbeiter hier herumläuft und hinter euch aufräumt, und das in den Wechseljahren? Das ist nicht so einfach wegzustecken. Ich habe Isak gefragt.«

Eigentlich wollte ich Lena daran erinnern, dass ich am Tag zuvor einen Salzstein bis ganz hoch auf die Spitze vom Kanten getragen hatte, aber stattdessen räumte ich die Geschirrspülmaschine aus. Birgitte sollte zu uns kommen, nachdem sie gegessen hatte. Und dann durfte es hier doch nicht so aussehen!

»Weißt du was, wir machen einen Film über *Michel aus Lönneberga*«, schlug Lena vor. »Ellisiv wird vielleicht staunen. Und dann musst du auch nichts vortragen, Trille.«

Das sagte sie mit ganz normaler Stimme, als wäre es die natürlichste Sache der Welt, dass ich schon beim Gedanken, vor der Klasse stehen zu müssen, in Panik geriet. Ich wrang den Lappen aus, der im Abwaschbecken lag und ein saurer Geruch stieg aus ihm auf.

»Und weißt du noch was?«, ereiferte Lena sich und fuhr emsig mit dem Finger über den Bildschirm, »in den 70er-Jahren, da haben sie hier in Norwegen nicht die ganze Michel-Serie gezeigt. Sie hatten Angst, die Kinder könnten auf die Idee kommen, sich gegenseitig am Fahnenmast hochzuhissen, wie Michel es mit der kleinen Ida gemacht hat.«

Sie aß ein paar alte Weintrauben und las weiter.

»Ist doch verrückt! Das müssen wir in unserer Präsentation dabeihaben. Eigentlich sollten wir …«

Ich sah vor mir die kleine Ida hoch oben am Fahnenmast von Lönneberga. Ab und zu weiß ich genau, was Lena denkt.

»Und wen willst du hochziehen?«, fragte ich und warf den muffeligen Lappen in die Waschküche.

Lena klappte das Tablet zu.

»Das ist doch keine Frage. Wollen wir Krølla aus dem Hort abholen?«

Krølla auf Halbmast

Genau genommen, hätten wir auf Birgitte warten müssen, bevor wir mit unserem Buchprojekt loslegten, aber gerade diese Filmaufnahme sollten wir lieber machen, solange unsere Eltern noch bei der Arbeit waren. Das war auch mir klar. Schnell holte ich mein Fahrrad und sauste zur Schule. Krølla hasst den Hort. Jeden Tag fragt sie Mama, ob sie nicht zusammen mit Lena und mir nach Hause gehen könne. Aber aus irgendeinem Grund findet Mama, dass das vollkommen ausgeschlossen ist.

Es war überhaupt kein Problem, Krølla dazu zu überreden, bei Lenas Filmstunt mitzumachen. Bevor wir's uns recht versahen, war sie schon ins Haus gerannt, hatte ihr rotes Kleid herausgeholt, damit sie der kleinen Ida auch ähnlich sah.

»Wenn wir dir das um den Bauch binden, kommst du in zwei Teilen wieder runter«, erklärte Lena und schielte auf das dünne Seil vom Fahnenmast. »Wir brauchen Magnus' Klettergeschirr.«

Ungefähr zu diesem Zeitpunkt wurde mir klar, dass das Ganze eine schlechte Idee gewesen war. Magnus' Dinge sind heilig, aber das hat Lena noch nie interessiert.

»Er benutzt es doch nie!«, bemerkte sie nur.

Das Geschirr war viel zu groß für Krølla, also justierte Lena schnell jeden einzelnen Riemen neu. Mein Bruder würde ausrasten, aber zumindest war Krølla jetzt gut gesichert. Lena befestigte sie mit einem Karabinerhaken am Fahnenseil.

»Damit müssen wir fertig sein, bevor Magnus nach Hause kommt«, sagte ich. »Alles klar, Krølla?«

Diese setzte sich eine Sonnenbrille auf und hielt den Daumen hoch.

»Aufnahme eins. Kamera läuft!«, rief Lena mit der Handykamera in der Hand.

Michel muss sehr stark gewesen sein! Es war richtig schwer, Krølla hochzuziehen. Ich schickte einen flehentlichen Gedanken an die Spitze des Mastes mit der Bitte, die Öse, durch die das Seil dort oben lief, möge das Gewicht aushalten. Stück für Stück näherte Krølla sich dem Himmel. Sie gluckste da oben zufrieden vor sich hin. Ich schwitzte und mühte mich ab, versuchte aber so gut ich konnte, Haltung zu bewahren. Das sollte ja trotz allem der ganzen Klasse gezeigt werden! Es fehlten nur noch wenige Meter bis zur Spitze, als sich jemand hinter mir räusperte.

Das waren Birgitte und Haas. Warum musste sie immer so lautlos auftauchen? Ich zuckte zusammen und ließ für eine halbe Sekunde das Seil etwas locker. Mit einem Schrei rutschte Krølla die Stange herunter, Haas bellte und Birgitte schlug sich die Hände vor den Mund. Wie durch ein Wunder wurde Krølla auf halbem Weg gestoppt.

»Alles in Ordnung?«, rief ich mit zitternder Stimme.

»Ich hänge fest!«

Lena sah Birgitte vorwurfsvoll an.

»Wir waren hier mitten in einer Filmaufnahme!«

»Sorry«, flüsterte Birgitte.

Aber jetzt hatten wir ein Problem, wir bekamen Krølla weder hoch noch runter. Sie hing an einem Haken ungefähr auf halber Höhe des Mastes fest. Sosehr wir es auch nach oben oder nach unten versuchten, sie kam nicht los.

»Perfekt«, seufzte ich, als ich den Schulbus entdeckte, der oben an der Straße anhielt.

Die Schüler aus der höheren Schule klebten an den Fensterscheiben und betrachteten den Auftritt in unserem Garten. Ich konnte Minda auf hundert Meter Entfernung ansehen, wie peinlich ihr das Ganze war.

»Was habt ihr denn für ein Problem?«, zischte sie und warf ihre Schultasche ins Gras.

»Ich kann bis Mariannelund sehen!«, rief Krølla tapfer, genau wie Klein-Ida.

Dann entdeckte Magnus das Klettergeschirr.

»Nein, das ist nicht wahr, oder?«

»Wir haben es uns nur ausgeliehen«, erklärte Lena ruhig. »Wir nehmen es nämlich in puncto Sicherheit sehr genau.«

Magnus wollte in der n-ten Potenz explodieren, doch da bremste Minda ihn: »Könntest du ausnahmsweise einmal an andere als dich selbst und deine blöden Sachen denken? Wir müssen sie runterholen!«

Meine Geschwister versuchten ebenso, das Seil loszubekommen, aber Krølla hing da oben fest wie ein Trockenfisch im Nordwind. Magnus ging, um eine Leiter zu holen, und in dem Moment, als er mit ihr zurückkam, öffnete sich die Tür zur Kellerwohnung, und Opa kam heraus. Er macht immer seinen Mittagsschlaf, wenn wir von der Schule nach Hause kommen. Jetzt blinzelte er von einem zum anderen und anschließend zum Fahnenmast. In der Hand hielt er sein Handy.

»Vera Johansen hat gerade angerufen und gefragt, ob ich tot sei.«

»Hä?«, rief ich.

Opa kratzte sich verschlafen am Kinn.

»Ja, weil wir Halbmast geflaggt haben«, erklärte er. »Und ich habe ihr erklärt, dass ich nur meinen Mittagsschlaf halte, was ja auch stimmt.«

Besorgt schaute ich zu Birgitte. Wenn sie bis jetzt nicht gedacht hatte, dass wir alle eine Schraube locker haben, dann ja wohl jetzt. Warum konnten wir nicht ein einziges Mal einen ganz normalen Nachmittag hier in der Bucht verbringen?

Das mit der Leiter nützte nichts. Sie war zu wackelig. Opa meinte, wir sollten die Treckerschaufel nehmen, um jemanden hochzubefördern. Krølla seufzte. So langsam langweilte sie sich da oben.

Mama kam zum denkbar schlechtesten Zeitpunkt nach Hause. Auf dem tuckernden Trecker saß Opa und konzentrierte sich darauf, die Schaufel in den richtigen Abstand zum Fahnenmast zu bringen. In ihr klammerte Minda sich fest, so gut sie konnte. Magnus hing an der Traktorseite und gab Befehle. Auf dem Rasen stand ein verschrecktes Mädchen aus den Niederlanden und versuchte, den bellenden Haas zu beruhigen, und oben auf dem Gartentisch, mit dem perfekten Überblick, stand Lena und filmte das ganze Theater mit einem breiten Grinsen im Gesicht. Ich hielt krampfhaft das Fahnenseil fest und hoffte, der Anblick meiner da oben baumelnden kleinen Schwester wäre dramatisch genug, dass Mama nicht die tiefen Treckerspuren bemerkte, die durch das ganze Blumenbeet und über den halben Rasen führten.

»Was um alles in der Welt geht denn hier vor sich?«, rief Mama.

»Trille und Lena sollen eine Buchpräsentation vorbereiten«, erklärte Magnus.

Und Krølla wird wohl nie mit dem Hort aufhören dürfen, dachte ich.

Mama beim Arzt

An diesem Nachmittag beschloss ich, mit Mama zu reden. Schon mehrere Wochen lang hatte ich sie heimlich beobachtet, um herauszufinden, ob das mit den Wechseljahren stimmte. Wie konnte Lena sich dessen so sicher sein? Vielleicht war es ja etwas ganz anderes? Auch Mütter können krank werden. Meine eigene Großmutter war gestorben. Und sie war auch eine Mutter gewesen, genauso wie meine Mama. Das sollte nicht erlaubt sein. Jedes Mal, wenn ich daran dachte, stockte mir fast der Atem. Und je länger ich sie beobachtete, umso größere Sorgen machte ich mir. War sie ein wenig dicker geworden? Auf jeden Fall hatte sie mehr graue Haare bekommen, und sie schlief und schlief, morgens und abends.

Es gab niemanden sonst, den ich hätte fragen können. Papa hatte Falten auf der Stirn und wurde bei dem geringsten Anlass wütend, und wenn ich es bei Minda versuchte, unterbrach sie mich sofort auf eine merkwürdige Art und Weise. Auch mit Opa konnte ich nicht darüber reden. Was wusste er schon von den Wechseljahren?

Aber an dem Tag, als Mama anfing zu weinen, nur weil Krølla am Fahnenmast hing, ohne Verletzungen und fröhlich pfeifend, da konnte ich meine Sorgen nicht länger beiseiteschieben.

Am Abend, als sich alles beruhigt hatte, kochte ich Kakao für sie und setzte mich zu ihr aufs Sofa, auf dem sie lag.

»Na, das ist aber nett, Trille!«, sagte sie überrascht und setzte sich auf.

Nach der Sache mit dem Fahnenmast hatte es so einiges an Aufregung gegeben, aber jetzt war es endlich ruhig im Haus.

»Mama. Willst du nicht mal zum Arzt gehen und das mit deinen Wechseljahren checken lassen?«

»Wie?«

Ich wünschte, Lena wäre hier, um das besser zu erklären, aber ich musste es allein schaffen.

»Irgendwie verändert sich doch dein Körper, du bist etwas dicker geworden und immer so müde«, sagte ich ganz unglücklich, »bestimmt sind das die Wechseljahre. Aber …«

Mama bekam den Kakao ins falsche Halsloch und hustete so, dass die heiße Flüssigkeit über den halben Couchtisch spritzte.

»Dick?«, rief sie.

Ich schluckte.

»Ja, oder – nicht gerade dick, aber ...«

Mama sah mich an.

»Was ist denn, Trille?«

Ich zupfte am Sofakissen.

»Und wenn es jetzt etwas Gefährliches ist? Wenn du jetzt Krebs hast?«, brachte ich schließlich flüsternd heraus.

»Hast du davor Angst?«

Ich konnte nur nicken, denn ein dicker Tränenkloß steckte in meinem Hals.

»Aber Trille!«

Mama strich mir übers Haar.

»Nächsten Frühling werde ich 45. Ich bin nicht mehr so jung.«

Wollte sie mich damit trösten? Es brachte doch nichts, wenn sie erklärte, dass sie alt war! Gerade alte Leute kriegen schließlich die ganze Zeit Krebs.

»Ich schaffe nicht mehr so viel wie früher. Und vielleicht kriege ich dann eher schlechte Laune oder werde schneller müde. Und dick.«

Sie kniff sich in eine der Speckfalten am Bauch.

»Nur ein bisschen weicher«, bemerkte ich schmunzelnd.

Mama kicherte.

»Aber so ist es mit den Wechseljahren. Das ist nichts Ernstes.«

Ich dachte an das viele Schlafen und das Schimpfen. War wirklich alles in Ordnung mit ihr?

»Würde es dich beruhigen, wenn ich zum Arzt gehe und prüfen lasse, ob alles in Ordnung ist?«, fragte Mama zum Schluss.

Ich nickte.

»Dann werde ich das gleich morgen tun, mein kleiner Trille. Hol mal Zimtschnecken aus der Gefriertruhe, damit wir noch ein bisschen weicher werden.«

An dem Abend fühlte ich mich leicht wie eine Feder. Ich hätte schon viel früher mit Mama reden sollen, ihr erzählen, dass ich Angst um sie hatte. Sie hatte sich darüber ja riesig gefreut!

≈

Am folgenden Nachmittag war alles wieder so verrückt wie immer. Mama machte ein ganz komisches Gesicht und bat alle Familienmitglieder, sich an den Küchentisch zu setzen.

»Ich bin heute beim Arzt gewesen«, sagte sie und zupfte an der Tischdecke, als wüsste sie nicht, wie sie fortfahren sollte.

Papa stand mit einer leeren Kaffeetasse hinten am Spülbecken und schaute zu Boden. Mein Herz hatte große Mühe, normal zu schlagen.

»Hast du Krebs?«, flüsterte ich.

Minda und Magnus schauten mich mit großen Augen an.

»Was? Krebs?«

»Nein, nein, nein«, beruhigte Mama sie. »Ich habe keinen Krebs. Und ich bin auch nicht in den Wechseljahren.«

Es war ein sonderbarer Schluchzer von Papa dahinten am Spülbecken zu hören. Mama drehte sich zu ihm um. Dann war auch von ihr so ein seltsamer Schluchzer zu hören. Und plötzlich platzten beide heraus mit einem schallenden Lachen. Sie schauten einander an, schnappten nach Luft und hörten gar nicht auf zu lachen.

Minda, Magnus, Krølla und ich, wir rutschten unruhig auf unseren Stühlen hin und her. Jetzt waren unsere Eltern vollkommen übergeschnappt. Wer sollte sich nun um uns kümmern? Opa?

»Mama …«, piepste ich.

Da nahm Mama sich zusammen und rief: »Du kriegst einen Bruder!«

Sie pikste einen Finger in ihren weichen Bauch.

»Zu Weihnachten. Kein Wunder, dass ich dick geworden bin! Schließlich ist er schon seit fast fünf Monaten da drinnen!«

»Hä?« Magnus verstand gar nichts. »Du machst doch wohl Witze?«

»Ach, du meine Güte«, murmelte Minda. »Stimmt das? Ich dachte, bei so alten Leuten ist das gar nicht mehr möglich.«

Sie verbarg den Kopf in den Händen.

»Mama, du könntest Großmutter sein!«, jammerte sie da drinnen.

Meine großen Geschwister sind mit Aliens verwandt. Was war nur mit ihnen los? Begriffen sie nicht, wie fantastisch das war? Mama war nicht krank! Und wir sollten sogar noch ein Baby bekommen. Ich sprang auf meinen Stuhl.

»Jippie!«, rief ich. »Hipp, hipp, hurra!«

Krølla sprang auf ihren Stuhl und riss die Arme hoch, genau wie ich.

»Hipp, hipp, hurra!«, schrie sie.

»Genau so soll es klingen«, sagte Mama und schaute Minda und Magnus streng an.

Da blieb ihnen nichts anderes übrig, als auch zu lächeln. Auch wenn Minda mir erklärte, wie unglaublich peinlich das doch sei, das müsste ich verstehen, auch wenn ich noch ein Kind war.

»Und Lena meinte, das wären die Wechseljahre!«, fast schrie ich und stürmte dann aus dem Haus, um die Neuigkeit zu verkünden.

Aber auf halbem Weg blieb ich stehen. Lena würde sich nicht wirklich freuen können. Jetzt hatte sie sich die ganze Zeit so heftig einen kleinen Bruder gewünscht, und das ohne Erfolg. Während sich bei uns die Wechseljahre in ein Baby verwandelten. Ich kehrte um. Vorher musste ich mir erst einmal überlegen, wie ich ihr das sagen sollte. Denn die Leute sollen sich doch freuen, wenn sie so etwas hören.

Diese Gedanken hätte ich mir sparen können. Krølla war etwas später am Abend drüben und erzählte alles. Ylva bringt ihr das Stricken bei, und während sie zusammensitzen, erzählt Krølla immer alles, was ihr einfällt. Als die Dämmerung einsetzte, kam Lena hereingestürmt. Sie hatte Regentropfen im Haar und Donner im Blick.

»Kari, stimmt das?«

Mama nahm Lena fest in den Arm.

»Das ist so wahr wie das Meer, Lena Lid.«

Lena machte sich frei.

»Aber wir waren jetzt an der Reihe, Kari!«

»Du kannst es immer ausleihen, wenn du möchtest, Lena.«

»Ausleihen? Glaubst du, das ist wie eine Bibliothek?«

Lena wollte wissen, ob wir uns überhaupt denken konnten, wie es war, sich einen Bruder so heftig zu wünschen, wie sie es tat, während es im Nachbarhaus von Kindern nur so wimmelte.

»Das verstehe ich, Lena«, sagte Mama.

Was Lena bezweifelte.

»Hast du alle deine Kinder mal durchgezählt, Kari? Wir haben nur mich. Einzig und allein mich!«

Mama versicherte ihr, dass sie die Kinder jeden Abend durchzähle, besonders jetzt, seit Minda und Magnus gern mal bis tief in die Nacht wegblieben.

»Aber Reidar und ich, wir waren viele, viele Jahre zusammen, ohne Eltern zu sein. Nicht alle können Kinder kriegen, und oft braucht es dazu viel mehr Zeit, als man sich wünscht.«

Ich schaute verwundert auf. Waren unsere Eltern irgendwann einmal ohne Kinder gewesen? Und was hatten sie in der Zeit gemacht?

Lena schaute Mama skeptisch an.

»So oder so, du solltest das Kinderkriegen lieber Jüngeren überlassen, Kari. Du hast ja schon graue Haare.«

Darin war Mama ganz ihrer Meinung. Aber andererseits konnte sie sich in diesem Moment einfach nur auf das Baby freuen.

Drama in der Lid-Küche

Am nächsten Nachmittag ging ich hinunter zu Opa.

»Bald wirst du noch einmal Opa?«, fragte ich lächelnd.

»Ja, das sind doch gute Nachrichten, Trille. Richtig gute Nachrichten. Hier, guck mal.«

Er reichte mir über den Küchentisch hinweg ein Foto.

»Das habe ich gefunden, als ich die Kommode aufgeräumt habe. Erinnerst du dich noch?«

Ich nickte. Das war das Bild mit dem riesigen Heilbutt. Ich hatte es schon oft gesehen. Aber jetzt beugte ich mich über das Foto und studierte es genau. Opa war jung, mit blondem Haar, genau wie meines. Er lehnte sich stolz gegen die Reling. Neben ihm hing der riesige Fisch.

»Warst du allein an Bord, als du den gefangen hast?«, fragte ich.

»Oh nein. Inger war mit. Ich fürchte, ich hätte den Heilbutt nie allein aus dem Wasser gekriegt.«

Dann war es sicher Oma, die das Foto gemacht hatte, dachte ich und versuchte, die Szene wie einen Film vor mir zu sehen.

»Und das hier«, sagte Opa und schob ein neues Bild über den Tisch.

Das hatte ich noch nie gesehen.

»Wo ist das?«

»Auf dem Kai von Baltimore.«

Ich starrte das Foto an. Opa in den USA. Er sah cool aus, wie er da saß, die Pfeife im Mundwinkel und mit hochgekrempelten Hemdsärmeln.

»Ich war ein paar Jahre auf großer Fahrt, bevor ich geheiratet habe.«

»Das muss ja wahnsinnig spannend gewesen sein«, murmelte ich.

»Oh ja.«

Er nahm das Foto wieder an sich und betrachtete es. Dann schüttelte er leicht den Kopf.

»Ich hatte so schreckliches Heimweh.«

»Wirklich?«

»Ja, schließlich gab es zu Hause Inger, weißt du?«

»Hast du auch Fotos von ihr?«, fragte ich.

»Hm, ja.«

Opa ging zur Kommode und kam mit einem kleinen Stapel zurück. Ich hatte die Bilder früher schon mal gesehen, aber das war lange her. Eines zeigte Inger, Papa und Onkel Tor draußen auf der Treppe und eines Inger mit der Schürze vor einem Arbeitstisch voll mit Fischen. Aber das schönste war von meiner Oma allein an Bord der Troll. Sie trug eine große Regenhose, die Haare standen ihr vom Wind zu Berge und sie lachte mit offenem Mund.

»Wie war sie eigentlich?«, fragte ich.

»Nun ja«, sagte Opa und stützte das Kinn in eine Hand.

Er schaute mich an, dann das Foto.

»Nun, es hieß für mich damals Inger oder keine, um es mal so zu sagen.«

Dann hielt er das Foto aus Baltimore wieder hoch.

»Ich habe ziemlichen Mist gebaut, bevor ich wegfuhr, Trille. Es hätte mit der ganzen großen Liebe auch gut den Bach runtergehen können, das sag ich dir.«

»Wieso?«

Er schob die Fotos zusammen.

»Ja, das würdest du sicher gern wissen.«

Er legte die Bilder zurück in die Kommodenschublade.

»Aber das hat sich dann geregelt?«, fragte ich.

»Alles regelt sich für flotte Typen«, nickte Opa und schob die Schublade zu. »Wollen wir einen kleinen Abendbesuch im Bootsschuppen machen?«

»Ich muss zu Lena. Wir machen ein Buchprojekt.«

Opa steckte die Hände in die Hosentaschen.

»Sag Bescheid, wenn du Zeit für eine Bootstour hast. Die letzte ist schon lange her.«

Das versprach ich, dann lief ich hinaus.

≈

In der Lid-Küche herrschte düstere Stimmung. Ylva und Lena machten gemeinsam die Mathehausaufgaben.

»Glückwunsch zu den guten Neuigkeiten«, sagte Ylva und lächelte müde.

Ich bedankte mich und setzte mich mit an den Tisch.

»Kari freut sich riesig«, bemerkte Lena. »Sie hat sich sicher auf alle ihre Kinder wahnsinnig gefreut.«

»Mhm«, sagte Ylva und schob die Brille hoch, damit sie die Mathehausaufgaben noch einmal lesen konnte.

»Hast du dich auf mich auch wahnsinnig gefreut?«, fragte Lena.

»Mhm«, sagte Ylva wieder und fuhr mit dem Zeigefinger eine Rechenaufgabe entlang.

Ab und zu habe ich das Gefühl, das Haus könnte einstürzen, ohne dass Ylva etwas merken würde. Jetzt packte Lena das Mathebuch und schob es über den Tisch.

»Hast du dich auf mich wahnsinnig gefreut, obwohl du mit der Schule aufhören musstest und mein Papa abgehauen ist?«, schrie sie.

Ich spüre eigentlich immer genau, wenn sich bei Lena ein Gewitter zusammenbraut. Aber dieses Mal kam es vollkommen unerwartet. Lena fegte mit aller Kraft das Mathebuch auf den Boden und wollte hinausmarschieren.

»Was ist das für eine Frage?«, rief Ylva.

Lena wollte etwas erwidern, doch dann breitete sie nur die Arme aus, als gäbe sie es auf, etwas erklären zu wollen.

Und dann geschah das Schockierende. Ylva nahm die Brille ab und sagte: »Nein. Ich habe mich nicht wahnsinnig gefreut.«

Es war totenstill in der Lid-Küche.

»Was?«, fragte Lena, bereits an der Tür.

»Ich war viel zu jung. Ich habe in einer Band gespielt und es war mitten im Schuljahr. – Und,«, fuhr Ylva nach einer kleinen Pause fort, »dein Vater, der wollte kein Papa sein. Nein, ich habe mich nicht gefreut. Ich hatte eine Riesenangst.«

Nie zuvor hatte ich die Uhr in Lenas Küche ticken hören. Aber jetzt hörte ich sie wie laute Hammerschläge in der Luft.

»Du weißt, es war sehr schwer in den ersten Jahren, Lena.«

Nicht ein Geräusch.

»Aber«, sagte Ylva, »ich hatte nicht geahnt, dass man jemanden so lieben kann, wie ich gelernt habe, dich zu lieben.«

Lena holte wieder Luft und Ylva setzte die Brille auf.

»Und du kannst es mir gern erzählen, wenn du irgendwo von einer Mutter hörst, die ihre Tochter mehr liebt als ich dich«, sagte sie und hob das Buch auf.

Lena dachte gründlich nach – und glücklicherweise fiel ihr nichts ein. Sie kam zu uns und setzte sich wieder an den Tisch.

»Habt ihr denn jetzt mal langsam vor, einen kleinen Bruder zu produzieren?«

»Ach, du meine Güte«, jammerte Ylva. »Trille, jetzt musst du übernehmen. Ich gehe rüber zu Krølla und helfe ihr stricken.«

Als Birgitte kam, starrte sie fasziniert auf all die Kunstgegenstände und Farben, so wie es fast alle tun, die zu Lena nach Hause kommen, dann lächelte sie uns an, als freute sie sich tatsächlich auf unsere Gruppenarbeit. Und sie hatte eine große Flasche selbst gemachten Blaubeersaft dabei.

Ylva arbeitet bei ihren Kunstprojekten viel mit Film, und jetzt hatte sie Lena ein Bearbeitungsprogramm auf dem Computer erklärt. Lena zeigte uns auf dem großen Bildschirm die Aufnahmen aus dem Garten. Ich fand es ziemlich peinlich, mich dort selbst zu sehen, aber Birgitte lachte.

»Das wird super!«, sagte sie.

Lena wollte dem Film ein wenig Musik und Text unterlegen. Birgitte und ich, wir setzten uns an den Küchentisch, um den Rest zu planen. Noch nie zuvor hatte ich mit jemandem wie Birgitte zusammengearbeitet. Sie jammerte nicht darüber, wie langweilig das war, ganz im Gegenteil. Sie erklärte, überlegte und ließ alles ganz einfach und unterhaltsam erscheinen. Sie graute sich ein wenig, vor der Klasse norwegisch zu reden, wie sie mir verriet. Sie glaubte aber, das würde schon klappen, wenn sie sich vorher aufschrieb, was sie sagen wollte.

»Vielleicht könntest du über das Buch reden und ich über die Autorin?«, schlug sie vor.

»Mhm«, sagte ich und versuchte es mit einem Lächeln, während sich mir der Magen zusammenkrampfte.

Lena schaute mich über den Bildschirm hinweg mit gerunzelter Stirn an.

Dann kam Isak von der Arbeit nach Hause.

»Wird hier Popcorn gebraucht?«, fragte er und ließ seine Tasche auf den Flurboden fallen.

Da konnten wir nur eifrig nicken, und schon bald stand eine große Schüssel Popcorn auf dem Tisch.

»Danke, Papa«, sagte Lena schnell, bevor Isak im Wohnzimmer verschwand.

Als sie bemerkte, dass ich das gehört hatte, wurde sie ganz rot, und die Schüssel mit dem Popcorn landete mit einem Knall auf meinen Büchern.

Wir hatten sie gerade geleert, als es an der Tür klingelte.

»Was ist hier nur für ein Betrieb?« Seufzend ging Lena auf den Flur.

Auf der Außentreppe standen Kai-Tommy und Tore.

»Ja bitte?« Lenas Stimme klang vorsichtig, tastend, als redete sie mit zwei senilen Männern, die sich beim Spaziergang vom Altersheim verlaufen hatten.

Kai-Tommy warf den Pony nach hinten.

»Ist Birgitte bei dir?«

Wir konnten nun ja schlecht Birgitte in den Kühlschrank stopfen und behaupten, sie wäre nicht da.

Also saßen kurz darauf die beiden mit am Küchentisch und schauten sich verwundert um.

»Deine Mutter hat uns gesagt, dass du hier bist«, erklärte Kai-Tommy Birgitte.

Diese lächelte. Kapierte sie nicht, was für eine blöde Ausrede das war? Ich musste an all die höhnischen Worte denken, die Lena im Laufe der Zeit von Kai-Tommy an den Kopf geworfen bekommen hatte. Und was er alles über mich gesagt hatte. Birgitte hatte davon keine Ahnung. Es war fast, als käme sie aus dem Weltall und wäre direkt in unserer Klasse gelandet. Konnte es möglich sein, dass Kai-Tommy ganz in Ordnung zu sein schien, wenn man ihn nicht von früher kannte?

»Wir hatten Popcorn, aber die Schüssel ist leider leer«, erklärte Lena, wobei das »leider« nicht besonders überzeugend klang.

Weder ich noch Tore sagten einen Mucks. Dagegen schenkte Kai-Tommy sich ein Glas Saft ein und führte sich auf, als hätte er nie etwas anderes getan, als Lena zu besuchen. Niedergeschlagen musste ich feststellen, dass er wohl genauso groß und dunkelhaarig wie sein Vater werden würde.

»Birgitte, kommst du morgen und guckst dir das Spiel an?«, fragte er plötzlich. »Wir treten gegen die Øyane an. Der erste Kampf nach den Sommerferien.«

Ich wollte schon sagen, dass Birgitte sich nicht für Fußball interessierte, aber da sagte sie schon zu.

»Spielst du nicht auch?«, fragte sie Lena.

Lena warf schnell Tore einen Blick zu, dann nickte sie. Ich fühlte mich vollkommen außen vor. Ich wollte lieber Salzsteine tragen. Oder zur See fahren oder andere sinnvolle Dinge tun. Verdammter Fußball!

»Kommst du mit, Trille?«, fragte Birgitte plötzlich.

Ich musste mich räuspern. Es war peinlich, als Zuschauer aufzutauchen, wenn man bis vor Kurzem in der Mannschaft mitgespielt hatte. Aber die Vorstellung, zusammen mit Birgitte auf der Tribüne zu sitzen ... Das war schon was. Und wenn sie von Kai-Tommys harten Schüssen beeindruckt war, konnte ich ja nur so nebenbei sagen, dass es ihm an den technischen Fertigkeiten fehlte. Voller Zweifel willigte ich ein.

Als ich nach Hause gehen wollte, hielt Lena mich in der Tür auf.

»Geht das für dich in Ordnung mit der Präsentation?«

Ich schaute auf die Klingel und biss mir in die Wange.

»Ja, geht schon.«

Kampf und Wut

»Hallo, Trille. Bist du verletzt?«

Axel, unser alter Trainer, tauchte neben mir auf der heruntergekommenen Tribüne auf.

»Nun ja, nein«, murmelte ich. »Und du?«

»Nein, aber ich trainiere jetzt die Mannschaft, die zwei Jahre jünger ist als ihr«, erzählte Axel mir. »Ivar wollte euch so gern haben. Und er ist gut.«

Ich wollte protestieren, doch da entdeckte ich Birgitte. Sie hatte ihr Fahrrad hinten am Bällekorb abgestellt. Und dort traf sie Ellisiv, die sicher noch gearbeitet hatte. Die beiden überquerten gemeinsam den Schulhof. Als Birgitte mich entdeckte, winkte sie, und eine Rakete wurde in meiner Brust abgefeuert.

»Hast du eine Liebste?«, fragte Axel und boxte mir in die Seite.

»Äh – nein.«

Ich spürte, wie ich bis zu den Ohren rot wurde.

»Und du, bist du häufig im Café?«

Axel lachte und machte Ellisiv und Birgitte Platz.

»Meine Liebste hat mich fallen lassen, Trille. Ich muss nicht mehr ins Café gehen.«

»Sie hat dich fallen lassen?«

»Ja, mit Pauken und Trompeten. Hallo, Ellisiv.«

Und dann saßen wir da, Axel und ich, jeder mit seiner Liebsten neben sich, die jeweils nicht unsere Liebste war, und guckten uns das Fußballspiel an. Das war nicht zu glauben. Birgitte fragte mich die ganze Zeit nach irgendwelchen Sachen, und ab und zu lachte sie leise, ihr verhaltenes, schönes Lachen. Es war fantastisch, nicht mehr Fußball spielen zu müssen. Lena hatte recht. Man soll Dinge nicht immer weitermachen, die man eigentlich hasst.

Und um das Ganze noch zu toppen, zeigte Kai-Tommy ein paar gediegene Fehlpässe am Tor vorbei und schimpfte heftig auf den Kiesplatz. Ich hoffte nur, dass Birgitte das auch hörte. Aber es schien, als machte ihr das gar nichts aus. Vielleicht war ihr Norwegisch ja doch noch nicht so gut?

Die Sonne schien und wärmte uns, und alles hätte nur schön sein können, wenn da nicht eine Sache die Stimmung verdorben hätte: Wo bisher immer ein knochendürres Mädchen im Tor gestanden und sich die Kehle aus dem Leib geschrien hatte, da stand jetzt ein stummer, großer Tore. Je mehr Zeit verging, umso unruhiger wurde ich. Wollte Ivar nicht bald Lena einwechseln?

»Ist Lena auch verletzt?«, fragte Axel.

Ich schüttelte den Kopf und versuchte, mein Unbehagen wegzuschieben, das in mir aufstieg, als ich sie da unten allein auf der Reservebank sitzen sah. Keiner der anderen Jungs saß neben ihr.

Auch nach der Pause kam sie nicht aufs Spielfeld. Und nicht einmal, nachdem Tore eine Niederlage in Rekordhöhe eingefahren hatte. Zum Schluss lagen wir 3:0 im Rückstand. Ivar schrie und dirigierte, ohne die Fassung zu verlieren – es schien, als interessierte ihn das Ergebnis gar nicht. Die Jungs auf dem Spielfeld mühten sich nach Kräften ab.

»Aber warum spielt Lena denn nicht?«, fragte Ellisiv jetzt.

Axel sagte etwas in der Richtung, es sei gar nicht schlecht, zwei Torhüter zu haben, und sie wollten wahrscheinlich, dass Tore sich sicherer zwischen den Pfosten fühle, falls Lena mal verletzt war. Ich schluckte. Jetzt ging es mir nicht mehr gut, egal wie schön es auch war, neben Birgitte zu sitzen. Unten im Schatten saß meine Nachbarin auf der Reservebank, ihre Mütze tief in die Stirn gezogen, die Torhüterhandschuhe bereit an den Händen, und über ihr hing eine dunkle Wolke.

Fünf Minuten vor Schluss wurde Lena eingewechselt. Es kam noch ein Schuss aufs Tor, den sie locker hielt, dann war das Spiel zu Ende.

≈

Ich fand sie später unten an der Scheune. Dort drosch sie einen Ball gegen die Wand. Bei jedem Schuss flogen die Möwen hoch in den Himmel.

»Tore muss auch ein bisschen Übung kriegen, damit es nicht die absolute Krise gibt, falls du dich mal verletzt«, sagte ich vorsichtig.

Lena hörte auf zu schießen und guckte mich an, als wäre ich der dümmste Mensch, den es je gegeben hatte.

»Krise? Wir haben das Spiel verloren! Ich bin besser als er, Trille!«

Ein neuer Schuss gegen die Scheunenwand.

»Aber …«, setzte ich an.

»Tore steht im Tor, weil sein Vater der Schiedsrichter ist!«

Lena gab dem Ball einen letzten Wahnsinnstritt, dass er bis hinunter ans Fjordufer sauste. Die Scheune seufzte leise.

»Und was willst du tun?«, fragte ich und merkte, wie leid ich es war, dass sie immer so unglaublich wütend werden musste.

»Na, ich muss wohl zum Jungen werden«, murmelte sie mit zusammengebissenen Zähnen und ging davon, ohne ihre Torhüterhandschuhe von der Erde aufzuheben.

Kisha

»Hast du mal in Afrika gewohnt?«

Ich schaute mich verwundert in Birgittes Zimmer um. Das letzte Mal war ich nur in der Küche gewesen. Heute wollten wir unsere Buchpräsentation fertigstellen. Lena war beim Training und wollte später nachkommen. Ich starrte all die Bilder von Giraffen und Elefanten an. Auf Birgittes Schreibtisch stand ein Foto, auf dem sie kreideweißes Sommerhaar hatte und den Arm um ein Mädchen legte, das so dunkel war wie sie hell.

»Meine Mutter wollte eine Kaffeerösterei in Amsterdam aufmachen«, erzählte Birgitte und berichtete weiter, dass die Kaffeebohnen von kleinen Farmen in Kenia stammten.

»Wir haben ein Jahr dort gelebt, um alles zu regeln.«

Allein bei dem Gedanken an alles, was sie schon erlebt hatte, wurde mir ganz schwindlig.

»Warum hast du nie erzählt, dass du mal in Afrika gelebt hast?«, fragte ich ganz verblüfft und dachte daran, wie Lena mit ihrer kleinen Reise nach Kreta geprahlt hatte.

Birgitte zuckte nur mit den Schultern.

»Ich weiß nicht. Es gab ja keinen, der auch schon mal dort gewesen ist, deshalb fand ich es irgendwie komisch, davon zu erzählen.«

Fasziniert starrte ich das Foto auf dem Schreibtisch an. Birgitte sah auf ihm so glücklich aus.

»Das ist Kisha«, sagte sie. »Ich vermisse sie sehr. Aber wir reden immer übers Internet miteinander.«

»Also, ich würde gern etwas über Kenia erfahren«, sagte ich.

»Okay«, meinte Birgitte fröhlich und zog ein großes Fotoalbum aus ihrem Bücherregal.

Wir setzten uns aufs Bett und Birgitte zeigte Fotos und erzählte. Ihre Worte nahmen mich mit zu einem grünen, heißen Ort, der nach Kaffee duftete. Sie erzählte von feuchten Morgenstunden und von den großen Tieren und dem Haus, in dem sie gewohnt hatten. Aber vor allem erzählte sie von Kisha, der besten Freundin auf der ganzen Welt.

»Wir haben abgemacht, dass wir zusammen studieren wollen«, berichtete sie. »Vielleicht machst du ja auch mit?«

Mir wurde ganz heiß.

»Mhm«, brummte ich nickend.

Studieren? Eigentlich hatte ich immer gedacht, mein ganzes Leben lang hier in Knert-Mathilde zu wohnen. Ich hatte mir sogar schon ein Grundstück unten am Wasser ausgesucht, auf dem ich mein Haus bauen wollte. Und dann hatte ich vor mir gesehen, wie ich fischte, genau wie mein Opa. Plötzlich dehnte sich die Welt in alle Richtungen aus. War es möglich, einfach herumzureisen und alles Mögliche zu tun? Konnte ich das auch?

Schließlich legte Birgitte das Album zur Seite. Wir mussten arbeiten. Mit dem Schreiben waren wir schon fertig. An diesem Abend wollten wir nur noch unseren Auftritt üben. Birgitte und ich wechselten uns ab damit, am Pult mit dem Computer zu stehen und vorzutragen. Ich erzählte über Michel und sie über Astrid Lindgren, in ihrem lustigen, schönen Norwegisch. Als wir das zweimal gemacht hatten, schickte Lena eine Nachricht, dass sie nicht komme. Ich sah sie vor mir auf dem Küchentisch sitzend, wie sie verarztet wurde. Ob das Training wohl so schlimm gelaufen war wie das Spiel am Vortag?

»Kein Problem«, antwortete Birgitte. »Wir sind auch schon fertig. Aber ein bisschen graut mir vor morgen.«

Ich nickte und hatte das Gefühl, nicht richtig atmen zu können.

Bevor ich ging, wollte Birgittes Mutter, dass ich mit ihnen aß. Sie füllte mir eine heiße, kräftige Suppe auf, die knallrot war. Aßen sie jetzt erst ihr Abendessen, so spät? Wir saßen alle zusammen am Tisch, genau wie bei uns zu Hause. Birgittes Eltern fragten nach dem Hof, dem Fischen und den Bergen, als wäre ich ein Erwachsener. Alles, was für mich ganz normal und langweilig ist, das wollten sie wissen. Ich erklärte es ihnen, so gut ich konnte, in einer Mischung aus Englisch und Norwegisch, das war nicht so einfach.

Als ich nach Hause ging, war mir ganz schwindlig. Mein Kopf platzte fast von den vielen neuen Gedanken und mein Bauch war voll mit dem fremden Essen. Ich ging ins Bett, blieb aber mit offenen Augen liegen und starrte an die Decke. Was sollte ich tun? Nie im Leben durfte Birgitte erfahren, dass ich mich nicht traute, vor meiner eigenen Klasse zu reden. Ich konnte am folgenden Tag nicht in die Schule gehen. Das schaffte ich nicht.

≈

Lena war die Einzige, die begriff, dass ich nicht krank war, und sie verriet mich mit keinem Sterbenswörtchen. Als sie nach Hause kam, warf sie mir nur einen Blick unter ihrer hochgezogenen Augenbraue zu – eine Geste, die sie sich im Sommer beigebracht hatte – und erzählte von der Buchpräsentation. Laut ihren Worten war es fantastisch gelaufen. Natürlich hatten alle schon von der Geschichte mit dem Fahnenmast gehört, deshalb war es der Höhepunkt für die Klasse gewesen, als sie es jetzt mit eigenen Augen sehen konnten.

»Du hast eine gute Figur gemacht, Trille«, versicherte sie mir.

Am nächsten Tag fragte Birgitte mich besorgt, ob ich wieder gesund sei. Ich nickte und schaute weg. Wurde ihr langsam klar, was für ein Feigling ich war?

Der Trick mit dem Lineal, der schiefging

Ich musste immer häufiger an Birgitte denken. Es war fast, als wäre ein sanfter Vogel mitten in unserer Klasse gelandet, einer, der gar nicht darauf achtete, ob die Leute dumm oder blöd waren. Eines Tages beispielsweise sollte sich Birgitte, als wir zu zweit arbeiten sollten, zu Andreas setzen. Während der ersten Schuljahre hatte Kai-Tommy ihn jedes Mal nachgemacht, sobald er den Mund öffnete, weil er stottert. Als wir Ellisiv als Lehrerin bekamen, war Schluss mit dem Mobbing, aber da war es schon zu spät. Andreas sagte fast nie mehr etwas. Aber an dem Tag, als er mit Birgitte arbeitete, hörte ich voller Verwunderung, wie er drauflosredete. In einer anderen Stunde saß sie neben Kai-Tommy, und es war, als wäre er eine ganz normale, nette Person. Vielleicht war er das ja sogar, wenn er mit Birgitte zusammen war?

Aber jedes Mal, wenn ich genau die beiden zusammen sah, rutschte mir das Herz in die Hose. Er mochte sie, daran bestand kein Zweifel. Und gegen Kai-Tommy war ich ein Nichts. Bald war ich Experte darin, Gründe zu finden, auch außerhalb der Schule etwas zusammen mit Birgitte zu machen.

Papa war verwundert darüber, wie viele Salzsteine ich freiwillig hochtrug, und als die Schafe eingefangen worden waren, trug ich die große Heckenschere stattdessen hinauf.

Birgitte war gern oben in den Bergen. Und den Trampelpfad freizuschneiden war ein Riesenspaß, wie sie fand. Und dann waren da die Norwegischstunden: Bei denen brauchte sie häufig Hilfe, und dazu konnte Kai-Tommy jedenfalls nichts beitragen.

Ich dagegen, ich war eine richtige Begabung, konnte Grammatik und Satzbildung erklären, dass es nur so krachte.

Es war nicht meine Absicht gewesen. Ich hatte nicht vorgehabt, seltener mit Opa hinauszufahren. Es ergab sich einfach so. Und ich hatte auch nicht vorgehabt, seltener mit Lena zusammen zu sein. Auch das ergab sich einfach so.

Während der Herbst sich immer stärker bemerkbar machte und ich oben in den Bakkane zusammen mit Birgitte schwebte, fuhr Opa allein zum Fischen hinaus. Ich sah, wie er seine üblichen Runden drehte, vom Haus zum Bootsschuppen, vom Bootsschuppen hinunter zum Anleger. Manchmal lief ich zu ihm hinunter und setzte mich auf eine Fischkiste, um mich mit ihm zu unterhalten, aber lange blieb ich nie dort sitzen. Opa sagte nichts dazu. Nur ab und zu bemerkte ich, wie er mir nachschaute, wenn ich ihn verließ.

Und Lena, sie kämpfte bis aufs Blut auf dem Schotterplatz. Auch ganz allein. Unsere Mannschaft absolvierte ein Spiel nach dem anderen, ohne dass sie jemals länger als die letzten fünf Minuten auf den Platz durfte. Sie fluchte und raste vor Wut, ging aber dennoch zu jedem angesetzten Training. Dreimal die Woche kam sie voller Schürfwunden und kleiner Kieselsteine in den Knien nach Hause. Oft schlüpfte ich an diesen Abenden durch die Hecke und in die Lid-Küche. So viel hatte ich verstanden, es tat Lena gut, ihre Wut an jemandem auszulassen.

Meistens saß Isak vor ihr und flickte sie zusammen, während sie nur so schäumte vor Zorn. Ich suchte mir einen Stuhl und hörte mit halbem Ohr zu. Während Ylva fand, das gehe wirklich zu weit.

»Kannst du nicht einfach aufhören?«, fragte sie eines Abends, als Lena wieder auf ihrem Stammplatz, dem Küchentisch, zum Verarzten saß.

»Aufhören?«

»Du bist doch nur noch am Schimpfen, Lena. Wenn es so schrecklich ist, dann muss es für dich doch Dinge geben, die dir mehr Spaß machen?«, schlug Ylva vorsichtig vor.

»Und was? Keyboard?«

Lenas Stimme war so spitz, man hätte sich dran stechen können. Ylva erklärte, sie habe mit keinem Wort das Keyboard erwähnt – aber wenn Lena es selbst zur Sprache bringe, dann – ja, es würde sicher nichts schaden, ein bisschen mehr zu üben.

»Oder um es anders zu sagen: Es würde nichts schaden, überhaupt mal zu üben«, korrigierte sie sich und fuhr fort: »Guck dir nur Trille an.« Was mir das Gefühl gab, auf frischer Tat ertappt worden zu sein. Nicht nur, dass ich mich die ganze Zeit oben auf den Bakkane herumtrieb. Ich hatte auch angefangen, Klavier zu üben. Und ich hätte es nicht zugegeben, selbst wenn mir jemand ein Messer in den Bauch gerammt hätte, aber das tat ich nur für Birgitte und ihre Familie. Ich konnte doch beim Musikschulkonzert an Weihnachten nicht wie ein Idiot auftreten, wenn sie kamen und zuhörten.

»Egal was du machst, ohne Übung kommst du nirgends weiter.«

Danach hörte Lena auf zu jammern. Sie ging weiter zum Training wie ein dünner Strich, aber wenn sie nach Hause kam, sagte sie kein Wort mehr darüber, wie es gewesen war.

Und dann brach sie sich die Hand.

»Wie um alles in der Welt kann man sich im Englischunterricht die Hand brechen?«, wollte Magnus wissen.

Lena erklärte es so: Wenn man sich lange genug langweilte, dann konnten die merkwürdigsten Dinge passieren, und die Englischstunden waren so langweilig, dass sie ihr schon seit einer ganzen Weile lebensgefährlich erschienen.

Ich war dabei gewesen. Lena probierte mal wieder einen ihrer Linealtricks aus. Sie hatte eine Technik entwickelt, bei der sie das Lineal in ihrer Hand wie ein Schwert gegen die Wand drückte und dann auf ihrem Stuhl so kippelte, dass nur das Lineal sie noch aufrecht hielt. Während Ellisiv laut einen langen Text über den Schulalltag in Australien vorlas, sah ich, dass Lena einen immer größeren Winkel zwischen Lineal und Stuhl ausprobierte. Schließlich hing sie mit ihrem Stuhl fast waagerecht in der Luft. Das Lineal zitterte unter dem Gewicht. Es sah beeindruckend aus. Lena selbst war so konzentriert, dass sie gar nicht merkte, wie alle, sogar Ellisiv, in ihre Richtung starrten. Und als die Schulkinder in Australien nach Schulschluss nach Hause gegangen waren und Ellisiv gerade »Lena Lid« sagen wollte, wie nur sie es kann, da hörten wir, wie das Lineal mit einem trockenen Knacksen durchbrach, und dann folgte ein sehr viel lauterer Knall, als der Stuhl wegrutschte und Lena auf den Boden fiel.

»Weißt du, was meine Mama gesagt hat?«, murmelte Lena am nächsten Tag, als wir auf dem Weg zur Musikschule waren.

»Nein.«

»Sie hat gesagt: ›Oje, und dabei ist doch bald das Konzert der Musikschule.‹«

Lena wedelte empört mit dem Gipsarm.

»Hallo? Das Konzert der Musikschule?«, rief sie. »Verdammt, so kann ich nicht im Tor stehen!«

Ich verschloss die Ohren. Ich hielt es nicht aus, noch mehr vom Fußball zu hören.

»Und warum willst du dann heute in die Musikschule?«

»Um Herrn Rognstad den Gips zu zeigen. Ich wette, der wird erleichtert sein.«

Mir schauderte. Das Musikschulkonzert lag wie ein dunkler Fleck im Dezember auf dem Kalender. Es war das Gleiche wie bei der Buchpräsentation. Ich sollte vor vielen Menschen etwas vortragen. Aber dieses Mal wollte ich nicht kneifen. Ich konnte es einfach nicht. Denn wenn ich mich an diesem Tag auch wieder krankmeldete, dann würde Birgitte etwas merken. Also musste ich üben, üben, üben. Das war die einzige Möglichkeit, den Tag zu überleben.

»Für Elise«

Und das tat ich. »Für Elise«. Das Stück, das mir vollkommen unerreichbar erschienen war, als ich zum ersten Mal die Noten sah, wurde mit der Zeit zu Musik. Rognstad verfiel in eine Art positiven Schockzustand über meine Fortschritte. Er wusste ja nicht, dass mich die reine Panik antrieb. Ich konnte am Klavier sitzen und mir ein Schlagzeug wünschen, dass es im Kopf knackte, aber trotzdem biss ich die Zähne zusammen und brachte die Finger dazu, auf den richtigen Tasten hin und her zu springen. Ich musste »Für Elise« im Schlaf, blind und in bewusstlosem Zustand spielen können. Das war die einzige Möglichkeit, dieses Konzert zu überstehen. Birgitte und ihre Familie sollten begreifen, dass ich mehr konnte, als Flöße zu bauen und Fische aus dem Wasser zu holen.

Jeden Nachmittag, wenn Opa unten im Bootsschuppen beschäftigt und Lena an der Scheune war, mit gebrochener Hand und dem Fußball, setzte ich mich ans Klavier. Ich konnte Lena vom Fenster aus sehen. Ab und zu übte sie nur die ganze Zeit Tricks, manchmal ging sie aber auch hinunter zu Opa und holte sich Netzbojen, die sie auf dem Boden verteilte. Mit einem Strich hatte sie fünf Meter markiert. Dorthin legte sie den Ball. Und dann zielte sie und schoss einen Torhüterschuss auf die Bojen zu. So ging es den ganzen November und den halben Dezember hindurch. Opa im Bootsschuppen, Lena draußen an der Scheune und ich am Klavier.

Als die Weihnachtsferien sich näherten und damit das Musikschulkonzert, konnte ich »Für Elise« spielen, ohne ein einziges Mal auf die Noten gucken zu müssen. Opa hatte jedes einzelne Netz repariert, das aufzutreiben war. Und Lenas Ball traf immer häufiger genau zwischen die Bojen auf dem Boden. Bei den Balltricks war sie auch bis zu schwindelerregenden 1011 Stück gekommen. Sonderbarerweise gab sie weder mit dem einen noch mit dem anderen an – erzählte nicht einmal den Jungs in der Klasse davon. Sie hatte ganz aufgehört, über Fußball zu sprechen.

≈

»Ich werde kommen und dir zuhören«, erklärte Lena einen Tag vor dem Konzert durchs Fenster. »Und ich werde klatschen, auch wenn es grottenschlecht ist.«

»Das wird nicht grottenschlecht sein«, erwiderte ich.

»Nein, klar, aber wenn doch. Schließlich sollst du die ganze ›Für Elise‹ von dir geben.«

Sie werde auf jeden Fall mit dem Gips auf die Stuhllehne klopfen und laut pfeifen, das versprach sie. Außerdem wolle sie die Nervosität aller anderen genießen. Besonders die von Kai-Tommy.

»Obwohl … fast wünschte ich, er würde sich nicht blamieren.«

»Was?«, fragte ich erstaunt, denn ich hatte noch nie gehört, dass Lena etwas Nettes über Kai-Tommy sagte, und in meinem tiefsten Inneren konnte ich ihr dabei nur zustimmen.

»Nein, es ist nur … Ivar ist so ungerecht«, murmelte Lena.

Ich dachte schon, sie wollte wieder anfangen, über ihr Schicksal als Torhüterin zu jammern, doch stattdessen erzählte sie, dass derjenige, der im Training am heftigsten beschimpft wurde, Kai-Tommy war.

»Dabei sind sie doch alle gleich schlecht, alle Jungs in der Mannschaft, vielleicht bis auf Andreas, der hat ein gutes Gefühl fürs Spiel …«

Dann sagte sie nichts weiter. Aber es schien, als hätte sie ihre Vorsätze für einen Moment vergessen.

»Freust du dich auf Weihnachten?«, fragte sie stattdessen und legte das Kinn auf den Fensterrahmen.

»Mhm«, sagte ich. »Und du?«

»Na klar. Birgitte fährt sicher in die Niederlande, oder?«

Ich nickte. Warum fragte Lena danach? Freute sie das? Jedenfalls lächelte sie.

»Dieses Jahr werden wir einen Rekord an Süßigkeiten aufstellen, wenn wir Rummelpott laufen, Trille. Denk an meine Worte.«

Dann zog sie den Kopf aus dem Fenster zurück, ohne sich zu verabschieden.

Ich übte noch einmal »Für Elise«, auch wenn Magnus behauptete, er müsste ins Krankenhaus eingewiesen werden, wenn ich das Stück noch häufiger spielte. Aus dem Augenwinkel heraus sah ich, wie Lena in der tief stehenden Dezembersonne über die mit Reif bedeckten Felder ging. Unten am Bootshaus ging sie zu Opa. Worüber die beiden wohl redeten? Gemeinsam gingen sie hinaus auf den Kai. Plötzlich sehnte ich mich so heftig dorthin, dass es mir einen Stich in der Brust versetzte. Aber ich hatte mit Birgitte verabredet, auf die Bakkane hochzukommen und mit ihr für die Norwegischarbeit zu üben.

Das Weihnachtsgeschenk

Das Musikschulkonzert durchlief ich wie im Tiefschlaf. Ich kann mich nicht einmal mehr daran erinnern, dass ich auf die Bühne trat, als ich an der Reihe war. Aber mein Plan ging auf.

Ich konnte »Für Elise« so gut, dass ich es, ohne zu stocken, herunterspielte, obwohl ich wie ein toter Affe auf dem Klavierhocker kauerte. Mama, die mit ihrem dicken Bauch zum Zuhören gekommen war, sagte zumindest, dass es gut gelaufen sei. Und Herr Rognstad klatschte zufrieden.

Ich kam erst wieder zu mir selbst, als Kai-Tommy an der Reihe war. Anfangs lief es ganz gut, aber dann hatte er wohl einen Blackout und musste mitten im Stück noch einmal von vorn anfangen. Eine hässliche kleine Schadenfreude wuchs in mir. Ich schielte zu Lena hinüber. Sie saß mit gerunzelter Stirn da, und als Kai-Tommy fertig war, applaudierte sie, dass es nur so hallte. Ich versuchte, Birgitte zu entdecken, fand sie aber erst, als sie sich mit ihrem schmalen Rücken vorn auf die Bühne setzte. Die Leute glaubten wohl, wieder etwas ganz Normales und Halbgares zu hören wie bei uns anderen, doch dann hämmerte Birgitte los und spielte etwas von Grieg, dass es mir heiß und kalt den Rücken hinunterlief. Als sie fertig war, blieb es ganz still. Dann brach der Applaus los. Ich sah, dass auch Mama richtiggehend beeindruckt war. Nur Lena klatschte halbherzig mit der gesunden Hand gegen den Schenkel und sah aus, als langweilte sie sich entsetzlich. Sie verstand wirklich nichts von Musik.

Ich wollte mich gerade zu Mama ins Auto setzen, als jemand an meiner Jacke zupfte.

»Hier«, sagte Birgitte. »Ein Weihnachtsgeschenk.«

Damit drückte sie mir ein Päckchen in die Hände.

»Äh … Danke schön!«

»Wir sehen uns nächstes Jahr«, murmelte sie und drückte mich schnell.

Dann lief sie davon.

Weder Lena noch Mama sagten etwas auf dem Heimweg. Mama saß nur am Steuer und lächelte auf eine äußerst irritierende Art und Weise, während Lena aus dem Fenster schaute, ohne einen Pieps von sich zu geben. Das Päckchen auf meinem Schoß brannte.

≈

Zu Hause lief ich sofort hoch in mein Zimmer. Nie im Leben wäre ich auf die Idee gekommen, am Heiligabend unten im Wohnzimmer auf dem Sofa zu hocken und das Weihnachtsgeschenk von Birgitte vor den Augen der ganzen Familie zu öffnen.

Es war ein Bild. Ich erkannte alle Berggipfel wieder. Sie hatte die Aussicht von der Steinpyramide, der Wegemarke aus, in Sommerabendfarben gemalt. Mitten im Meer lag Kobbholmen in der Abendsonne, und gleich daneben hatte sie einen schwarzen Punkt gemalt. Das sollte sicher die Troll sein. Hätte mich jetzt jemand in meinem Zimmer gesehen, er hätte sicher geglaubt, ich wäre total verrückt geworden. Ich sprang und hüpfte wie doof herum und stieß so heftig gegen mein Bücherregal, dass die Keksdose mit der zerbrochenen Flasche von Lena hochsprang und dann auf dem Boden landete. Ich hatte ein Weihnachtsgeschenk von Birgitte bekommen!

Teil 3

Winter und Wartezeit

Fröhliche Weihnachten

Dann fuhr Birgitte in die Niederlande, um dort Weihnachten zu feiern, und plötzlich hatte ich alle Zeit der Welt. Das hatte mein kleiner Bruder in Mamas Bauch auch. Es schien, als dächte er gar nicht daran, rauszukommen, obwohl Mama so schwanger war, dass selbst die Hauswände sich wölbten. Sie stimmte sogar Lena zu: Für so etwas war sie zu alt. Draußen herrschte absolut ungemütliches Wetter, so waren wir in gewisser Weise eingeschlossen, die ganze Familie. Aber wir rissen uns zusammen, soweit wir es schafften, damit Mama es so schön wie möglich hatte. So konnte ich zufällig in die Küche kommen, und da stand Magnus und kochte für die ganze Familie, oder ich fand Minda, die Tierlotto mit Krølla spielte, ohne das Handy in der Hand zu haben oder beleidigt dreinzuschauen. Und Papa, er schmückte die Räume, bügelte Tischdecken, legte die Wäsche zusammen und ich weiß nicht was. Und erklärte, wenn wir uns unbedingt streiten mussten, dann sollten wir das doch bitte schön oben auf dem Dachboden machen, und zwar so leise wie möglich.

»Kann sie zerreißen?«, flüsterte Krølla eines Abends, als wir zusammen die Geschirrspülmaschine einräumten.

Sie hielt eine Gabel in der Hand und schaute besorgt auf Mamas großen Bauch.

»Ach was«, antwortete ich.

Aber insgeheim schaute auch ich besorgt zu Mama. Kapierte dieses Baby nicht, dass es herauskommen musste, bevor Mama vollkommen zusammenbrach?

Lena sah ich ungewöhnlich selten. Ylva hatte ihr wohl gesagt, sie solle mehr bei sich bleiben, damit es in unserem Haus möglichst ruhig und friedlich vor sich ging. Aber als der zweite Weihnachtstag begann und immer noch kein kleiner Bruder in Sicht war, kam sie in ihrer vertrauten Art in unsere Küche gestapft. Draußen peitschte ein kalter Dezemberregen und fauchte waagerecht im Wind.

»Heute gehen wir Rummelpott und holen uns endlich Süßigkeiten, und zwar verkleidet als Guerillasoldaten«, erklärte sie und wischte sich den schlimmsten Regen aus dem Gesicht.

Um sie herum hatte sich auf dem Küchenboden bereits eine große Pfütze gebildet.

»Meinst du wirklich?«, fragte ich skeptisch.

»Das wird einfach genial, Trille. Wir ziehen die Militärkleidung von Magnus an und schmieren uns das Gesicht schwarz ein und leihen uns das Jagdmesser von Magnus!«

Dieser Satz enthielt mehrere Probleme, allein schon dadurch, dass mein großer Bruder gleich zwei Mal erwähnt wurde. Aber ich musste mir gar keine Sorgen machen.

»Nur über meine Leiche geht ihr beide im Ort herum, in militärischen Klamotten, und singt ›Fröhliche Weihnachten‹, während ihr mit dem Jagdmesser auf die Leute zeigt«, sagte Mama und richtete sich mühsam auf dem Küchensofa auf.

Weihnachten sei die Zeit des Friedens, und wir sollten uns doch lieber als Engel, Weihnachtsmänner oder so verkleiden und wie anständige Leute verhalten.

Wir gingen hoch in mein Zimmer. Hier waren Wind und Regen noch deutlicher zu hören. Lena ließ ihren Blick über die Wände streichen. Ich sah, dass sie das Bild entdeckte.

»Kai-Tommy hat auch eins gekriegt«, murmelte sie.

»Was hat er gekriegt?«

»Ein Weihnachtsgeschenk von Birgitte.«

»Ach so«, sagte ich mit gleichgültiger Stimme, aber mir gefror das Blut in den Adern.

Stimmte das? Und dabei hatte ich mich doch jedes Mal wieder gefreut, wenn ich das Bild ansah, die ganzen Weihnachtstage über! Hatte Birgitte für alle Weihnachtsgeschenke gemacht? Oder nur für Kai-Tommy und mich? Und warum musste Lena mir das eigentlich erzählen? Wütend legte ich die Hände ans Gesicht und versuchte, durchs Fenster hinauszusehen. Der Wind gab sich alle Mühe, die Lichterkette aus der Zypresse draußen im Garten zu zerren. Den Treckerweg kamen zwei gebeugte Gestalten herauf. Opa und Papa. Sie waren unten am Wasser gewesen und hatten nach den Booten geschaut.

»Bei diesem Mistwetter habe ich keine Lust, Rummelpott zu laufen«, murmelte ich.

Ich hatte mich in letzter Zeit schon daran gewöhnt, dass Lena auf so einen Satz nur mit den Schultern zuckte und mich meine Sachen machen ließ, dass mich ihre Reaktion überraschte. Sie baute sich vor mir auf.

»Es gibt kein schlechtes Wetter, du Feigling. Oder hast du noch genug Süßigkeiten von Weihnachten?«

»Feigling?«, fragte ich ungläubig und merkte, dass Lena genau den Punkt bei mir getroffen hatte, an dem ich am ehesten verwundbar war. »Aber es gehen doch nur Kleinkinder Rummelpott laufen, Lena! Ich habe keine Lust!«

Lenas Augen wurden ganz schmal, und sie schaute mich nicht an, fixierte dafür etwas hinter mir. Wenn ich denn zu Hause hocken, Klavier spielen und Kunstwerke anstarren wolle, dann sei das vollkommen in Ordnung für sie, sagte sie. Schließlich sei es ja mein Leben. Sie jedenfalls hätte vor, hinauszugehen, bevor jeder Hanswurst an die Türen klopfte und die Vorräte plünderte. Und damit ging sie.

Ich blieb mitten im Zimmer stehen und bereute meine Worte und ärgerte mich zugleich. Schließlich riss ich ein Laken von meinem Bett und stürmte ihr hinterher.

»Okay«, sagte ich und schlang mir das Laken um.

Lena sah mich wütend im Halbdunkel an.

»Willst du ernsthaft als Engel gehen?«

»Ich verkleide mich als Engel«, erwiderte ich. »Und wenn wir dann auf dem Weg sind, werde ich zum Gespenst.«

Dann holte ich auch für sie ein Laken.

Unten in der Küche waren neben Lenas Pfütze zwei weitere entstanden. Papa und Opa schüttelten sich nach ihrem Ausflug zum Fjord ab.

»Fröhliche Weihnachten«, sang Lena und machte in ihrem Engelskostüm einen Knicks.

»Nichts da«, sagte Papa. »Heute Abend geht mir keiner aus dem Haus.«

Der Wind sollte noch stärker werden. Im Radio hatten sie die Leute aufgefordert, in ihren Häusern zu bleiben, wenn es nicht zwingend notwendig war.

»Ich kenne etwas, das zwingend notwendig ist«, sagte Lena, als Opa und Papa in ihre Zimmer gegangen waren, um sich umzuziehen. »Und dabei geht es um meinen Süßigkeitenvorrat.«

Ganz leise holte ich die wasserdichte Kühltasche aus dem Vorratsraum, dann schlichen wir uns hinaus.

Orkanengel

Den Plan mit den Gespenstern konnten wir vergessen. Das wurde uns bei unseren ersten Schritten vor die Tür klar. Wollten wir die Laken auf dem Kopf behalten, müssten wir sie im Boden verankern. Die einzige Lösung war, den Stoff mit beiden Händen fest am Körper zu halten und so gut wie möglich als Engel aufzutreten.

»Sturm und Pissregen!«, schrie Lena. »Da kommt ja richtig Weihnachtsstimmung auf.«

Ich selbst kämpfte mich voran und dachte dabei an das, was sie über Kai-Tommy gesagt hatte. Wütend streckte ich mein Gesicht dem Regen entgegen und stapfte gegen den Wind an.

Wir starteten mit Onkel Tor.

»Seid ihr nicht ganz bei Trost? Seht zu, dass ihr nach Hause kommt!«, sagte er, als er uns die Tür öffnete und eine Mischung aus Regen, Wind und »Fröhliche Weihnachten« direkt ins Gesicht geschmettert bekam.

»Bald«, sagte Lena und öffnete die Kühltasche. »Wir müssen nur vorher den Boden bedeckt haben.«

Knurrend warf er ein paar Schokoriegel rein und schloss die Tür.

Sicher, wir hätten lieber nach Hause gehen sollen, aber das lockte mich gar nicht. Was sollte ich dort bloß? In meinem Zimmer hocken und Birgittes Bild angucken oder um Mama herumschleichen? Wir stellten uns in den Windschutz hinter der Scheunenecke und beratschlagten. Am Fährkai lag eine ganze Siedlung von Häusern, die sicherlich leckere Süßigkeiten zu bieten hatte. Man brauchte nur eine Viertelstunde dorthin, und an so einem Abend gab es garantiert keine konkurrierenden Rummelpottläufer.

»Wir könnten doch bei Kai-Tommy klingeln«, schlug Lena vor. »Ich würde gern sein Gesicht sehen, wenn er feststellen muss, dass wir ihm das ganze Quartier weggeschnappt haben, während er drinnen hockt und auf Schnee und Rotkehlchen wartet.«

Wütend packte ich den Griff der Kühltasche.

»Lass uns hingehen«, sagte ich entschlossen.

≈

Meine Herren, war das schön, draußen zu sein! Fast flogen wir mit dem Wind. Die Straßenlaternen über uns schaukelten und die Schatten der großen Fichten auf der Landseite der Straße tanzten wild in dem unruhigen Licht. Als wir zu Ellisivs Haus kamen, war ich bereit für ein Lied, aber Lena meinte, wir sollten uns lieber beeilen und erst einmal unten die Siedlung abklappern.

»Ellisiv nehmen wir auf dem Rückweg mit!«, rief sie.

Wir umrundeten die Landzunge vor dem Fähranleger und konnten das Meer brüllen hören. Die Tropfen, die uns ins Gesicht schlugen, waren salzig. Der Sturm wurde immer stärker. Manchmal hatte ich das Gefühl, als wollte mich der Wind am Leib packen und über den Weg tragen.

»Wir singen ›Es ist ein Ros' entsprungen‹, das ist schön kurz!«, rief Lena und lief zu der Siedlung hoch.

Das Bettlaken flatterte wie ein losgerissenes Wäschestück über ihren Schultern.

Die Leute bekamen jedes Mal einen Riesenschreck, wenn sie die Tür öffneten. Lena meinte, ihre Verblüffung bringe sie dazu, uns mehr als sonst zu geben. Wir sahnten reichlich ab!

»Na, das müssen ja wohl die ganz Hartgesottenen von Knert-Mathilde sein«, sagte Polter-Kåre und gab jedem von uns tief beeindruckt eine ganze Tafel Schokolade. »Grüßt Lars von mir, und seht zu, dass ihr nach Hause kommt!«

Aber wir konnten nicht umkehren, bevor wir nicht bei Kai-Tommy geklingelt hatten.

≈

Es sah fast amerikanisch aus, das Haus von Kai-Tommy und seiner Familie. Sogar Säulen standen vor der Eingangstür. Im Garten tanzten Tausende von Weihnachtslichtern im Wind.

Sein Bruder öffnete die Tür. Das Fußballtalent. Ein hellblaues Hemd spannte sich über seiner Brust, und er warf den Pony nach hinten, genau wie Kai-Tommy. Ich konnte ihn mir gut in Fußballklamotten vorstellen. Minda wäre sicher in Ohnmacht gefallen. Ob Kai-Tommy in ein paar Jahren wohl auch so aussah? Mochte Birgitte ihn deshalb? Resigniert starrte ich auf meine Gummistiefel, die unter dem Laken hervorlugten, während Lena den Bruder geradewegs anschaute und mit »Es ist ein Ros' entsprungen« einsetzte, dass es in dem großen Eingangsbereich widerhallte.

Mitten im Lied tauchte Kai-Tommy hinter ihm auf. Für den Bruchteil einer Sekunde starrte er uns geschockt und empört an, doch dann setzte er sein übliches höhnisches Grinsen auf, als wären wir die zwei größten Idioten auf der ganzen Welt. Und dann kamen auch die Eltern dazu. Die Mutter in einem roten Weihnachtskleid, Ivar sah dagegen in seinem Anzug aus wie ein englischer Manager. Unter dem Blick des Fußballtrainers fiel Lenas letztes »Halleluja« etwas kläglicher aus. Doch als die Mutter mit zwei großen Schokoladenweihnachtsmännern kam, hob sie nur kurz den Deckel der Kühltasche und sagte dann laut: »Die musst du in die Tasche stecken, Trille. Hier ist alles voll.«

Bevor wir die Tür wieder hinter uns schlossen, hörte ich voller Vergnügen, wie Kai-Tommy wütend hinten am Ende des Flurs rief: »Warum dürfen die raus und ich nicht?«

»Man könnte glauben, sie haben keine Eltern«, antwortete die Mutter.

»Ich glaube, jetzt gehen wir nach Hause, Lena«, sagte ich.

≈

Wind und Regen waren mir bis unter die Haut gekrochen und die Kälte hatte gesiegt. Ich war nicht mehr wütend, nur noch erschöpft und müde. Sich jetzt gegen den Wind zu stemmen, das war etwas ganz anderes! Ein Gefühl, als liefe man gegen eine lebende Wand. Manchmal schien es fast unmöglich, Luft zu holen. Am besten war es, sich zusammenzukrümmen und etwas seitlich zu gehen, die Arme vor dem Gesicht. Plötzlich erschien der Weg nach Hause unendlich lang. Und eine gewisse Unruhe begann in meinem Bauch zu rumoren. Was machten wir hier eigentlich?

Halb liefen wir, halb krochen wir den nassen Graben entlang. Lena zog die Kühltasche wie einen Anker hinter sich her. Mir fiel ein, dass sie ja einen Gipsarm hatte, aber als ich mich umdrehte, um ihr die Tasche abzunehmen, sah ich, wie eine riesige

Welle den Weg dort überspülte, wo wir gerade noch gewesen waren. Sie nahm Steine und Schneemarkierungen und alles mit, was nicht niet- und nagelfest war. Es musste eine Sturmflut sein! Der Schreck traf mich wie ein Hammerschlag. Ich hatte nicht gewusst, dass der Wind so kräftig werden konnte, und das so schnell!

Eine neue Windböe zwang uns dazu, uns platt auf den Bauch in den Graben zu werfen. Ich traute mich nicht, zu den Straßenlaternen hochzuschauen. Wenn sie nun abknickten!

»Trille! Da!«, schrie Lena.

Ich hob den Kopf. Eine der Kiefern weiter vorn war kurz davor umzustürzen. Der Wind zog und zerrte an ihren wintergrünen Zweigen, und wie in Zeitlupe gab sie langsam nach. Sie bog sich immer tiefer und tiefer und fiel zum Schluss wie ein tödlich verletzter Riese in dem tanzenden Licht zu Boden. Sprachlos hockten wir im Graben und starrten den riesigen Baum an, der vor uns quer über der Straße lag. Wir waren in einem Sturm draußen, der die Bäume entwurzelte!

Und dann wurde es dunkel. Ich meine nicht dunkel wie üblich. Ich meine stockfinster wie in einem Kleiderschrank in einem dunklen Zimmer mit einem dunklen Flur davor. Die Straßenlampen erloschen und der Mond war schon vor langer Zeit geflüchtet. Ich tastete mich zu Lena vor.

Krochen wir weiter vor, liefen wir Gefahr, von einem Baum zermanscht zu werden. Krochen wir zurück zur Siedlung, konnten uns die Meereswellen wegspülen.

Wir waren gefangen!

Ellisiv, Axel
und die Frage aller Fragen

»Das Haus von Ellisiv!«, schrie Lena mir ins Ohr.

Die rote Hütte lag als einzige zwischen der Landzunge und den Bäumen, das wussten wir. Aber wir sahen absolut nichts, und es erschien uns lebensgefährlich, aus dem Graben herauszuklettern. Eine neue Böe kam mit Getöse vom Meer her. Danach wurde es etwas ruhiger, und ich strich mir den Regen aus den Augen und schüttelte den Kopf, um einen Orientierungspunkt zu finden. Fühlte man sich so, wenn man blind war?

Plötzlich war da etwas wie ein kleiner Riss in der Finsternis.

»Da!«, rief Lena.

Das musste eines der Fenster in Ellisivs Hütte sein. Vielleicht hatte sie eine Kerze angezündet? Wir tasteten uns vor. Jedes Mal, wenn eine neue Böe kam, legten wir uns flach in den Graben, aber in den kurzen Pausen dazwischen krochen wir weiter. Lena zuerst, ich mit der Kühltasche hinterher. Schließlich waren wir so weit gekommen, dass das Haus direkt vor uns lag. Jetzt mussten wir hoch auf den Weg.

Wir warteten, bis sich das Wetter ein wenig beruhigt hatte, dann rannten wir los. Mehrere Male fielen wir hin. Es war unmöglich zu sehen, wo wir die Füße hinsetzten, und der Wind zog und zerrte mit gewaltigen Kräften an uns. Als wir das Haus erreichten, stolperte ich über die erste Stufe und fiel kopfüber auf die Treppe. Das tat so weh, dass ich aufschrie. Der Geschmack von warmem Nasenblut verbreitete sich im Mund. Eine neue Windböe warf uns fast wieder zu Boden, aber schließlich gelang es mir, mich bis zur Türklinke hochzuarbeiten. Ich brauchte alle

Kraft, damit die Tür nicht aus den Scharnieren geweht wurde. Dann fielen wir in den Flur hinein. Hinter uns knallte die Tür mit einem Donnern wieder zu.

Der Anblick, der sich Ellisiv bot, hätte sicher die meisten zu Tode erschreckt. Zwei klatschnasse, blutige Kinder mitten in einem Berg von Schokolade und Mandarinen. Sie wollte schon einen Schrei ausstoßen, hielt sich dann aber die Hand vor den Mund. Glücklicherweise war sie nicht allein. Hinter ihr tauchte Axel auf, unser alter Fußballtrainer. Lena und ich richteten uns mühsam auf.

»Du hier?«, fragte Lena als Erstes und schaute Axel verwundert an.

»Das musst du gerade sagen!«, rief Ellisiv. »Was um alles in der Welt treibt ihr nur, Trille und Lena?«

»Ja, wir hätten ja gern für euch gesungen, aber …«

Weiter kam Lena nicht. Und jetzt spürte ich es auch. Die Kälte und die Angst übermannten mich. Ich zitterte am ganzen Körper.

Ich weiß nicht, ob ich jemals werde erklären können, was für ein Gefühl das war, die dampfende Tasse mit heißem Saft in die Hände zu bekommen. Der Wind zerrte draußen an den Wänden, während Lena und ich dicht beieinander auf einem alten Sofa saßen, mit Kissen im Rücken und gut in eine Wolldecke eingewickelt. Am Ofen hingen unsere nassen Kleider und dampften, dass die Fenster beschlugen. Der wunderbare Saft schickte durch meinen ganzen Körper warme Strahlen.

»Danke«, murmelte ich, und das war so ungefähr das erste vernünftige Wort, das einer von uns herausbrachte. »Wir müssen zu Hause anrufen«, fügte ich hinzu.

»Wir haben kein Netz«, sagte Axel.

Was? Papa würde sich Riesensorgen machen! Und Mama erst! Das war das Letzte, was sie jetzt brauchte.

»Aber ich konnte noch eine Nachricht abschicken, bevor das Netz zusammengebrochen ist«, erklärte Ellisiv, als sie die Panik in meinem Blick sah. »Sie wissen, dass ihr in Sicherheit seid.«

Ich hatte schon früher Unwetternächte erlebt. Nicht jedes Jahr, aber oft genug, um zu wissen, wie es jetzt daheim aussah. Papa, der unruhig hin und her läuft und sich Sorgen macht, was mit der Scheune ist, mit den Booten und allem, und Mama, die die ganze Zeit immer wieder versichert, man könne nichts anderes tun als abwarten. Normalerweise, wenn wirklich ganz heftiger Wind herrscht – wenn solche Stürme wüten, die einen Namen haben –, dann heißt es Abmarsch hinunter in den Keller zu Opa. Dort ist es am sichersten. Nicht wie oben in meinem Zimmer auf dem Dachboden, wo man die Dachziegel über dem Kopf klappern hören kann. Saßen sie in diesem Moment alle unten bei Opa? Schafften sie es, sich zu entspannen, jetzt, wo sie wussten, dass Lena und ich hier waren? Waren sie ganz schrecklich wütend auf uns?

Axel legte routiniert Holz im großen Ofen nach. Neue Windböen zerrten am Haus. Wir hielten den Atem an, bis sie vorbei waren. Als wir angekommen waren, war Lena blau gefroren gewesen, aber der Saft hatte ganze Arbeit geleistet. Jetzt hatte sie rote Wangen wie ein Weihnachtsmann und schaute von Ellisiv zu Axel und dann wieder zurück zu Ellisiv.

»Sag mal, Axel. Hast du nicht eine Freundin in der Stadt?«, fragte sie schließlich.

Ich hatte ganz vergessen, ihr das zu erzählen! Ellisiv wurde knallrot und Axel räusperte sich.

»Sie hat ihn abserviert«, flüsterte ich Lena zu und hoffte, sie würde jetzt lieber übers Wetter reden. An einem Tag wie diesem sollte das ja wohl möglich sein. Aber nein.

»Seid ihr beide jetzt ein Paar?«

Ich starrte in mein Saftglas.

»Nun ja, wie man's nimmt«, murmelte Ellisiv.

Axel hörte auf, den Ofen aufzufüllen.

»Hä?«, bemerkte er. »Sind wir etwa kein Paar? Was sind wir dann?«

»Nun, also …«, sagte Ellisiv und war röter im Gesicht als damals in der vierten Klasse, als Lena Kai-Tommy mitten im Klassenzimmer niedergeschlagen hatte.

Eine äußerst peinliche Stille breitete sich aus. Zum Glück war zumindest noch der Wind mit all seiner Kraft draußen zu hören.

Lena trank einen Schluck Saft.

»Na, auf jeden Fall würdet ihr gut zusammenpassen«, erklärte sie schließlich, um damit das Thema zu beenden. »Können wir euch vielleicht ein paar Kilo Schokolade anbieten?«

Wir sammelten unsere Beute vom Flurboden auf und breiteten sie auf dem Tisch aus. Während wir damit beschäftigt waren, entdeckte Axel Lenas aufgeweichten Gips.

»Ich denke, es wäre das Beste, den zu entfernen«, sagte er.

»Ja, er sollte sowieso am 3. Januar runter«, meinte Lena und nickte.

Ellisiv holte Schere und Messer. Und schon bald saß Lena da und spreizte unbeholfen ihre Finger.

»Jetzt bist du bereit, wieder das Tor zu hüten«, sagte Axel und klopfte ihr auf den Rücken.

Der Satz genügte, um Lena zum Schweigen zu bringen. Sie kniff die Lippen zusammen, als hätte sie gar nicht gehört, was er gesagt hatte.

»Meistens ist es jetzt Tore, der es hütet«, erklärte ich.

Axel schaute verwundert Lena an.

»Bist du kein Torhüter mehr?«

Lena brach mit kleinen, energischen Bewegungen eine der Schokoladentafeln von Polter-Kåre in kleine Stücke.

»Lena?«

Axel ließ nicht locker.

»Natürlich bin ich weiter Torhüterin. Ich habe nur kein Tor, in dem ich stehen könnte«, antwortete sie.

Da hatte Lena daheim in Knert-Mathilde lang und breit über

dieses blöde Fußballspielen geschimpft, und wir hatten nur mit halbem Ohr zugehört und gehofft, dass es bald vorbei sein würde. Und plötzlich sah ich hier zwei erwachsene Menschen, die fast genauso empört waren wie Lena selbst. Axel beugte sich über den Tisch und fragte sie nach dem Training aus, nach Ivar und den Jungs, und Lena berichtete widerstrebend, wie das Leben auf dem Schotter im letzten Halbjahr gewesen war.

»Aber das ist doch nicht gerecht, Lena«, sagte Ellisiv. »Selbst ich weiß, dass du eine guter Torhüterin bist.«

Axel nickte.

»Das ist kein Witz, Lena.«

Er schien offensichtlich in Lenas Namen wütend zu sein. Ich spürte mein schlechtes Gewissen. Warum war ich nicht wütend geworden?

»Könntest du dir vorstellen, in der Stadt zu spielen?«, fragte Axel.

»Hä?«, fragte Lena nur.

»Ich kenne Lash, der trainiert die Mädchen, die zwei Jahre älter sind als du. Und ich weiß, dass die Probleme haben, diese Saison eine gute Torhüterin zu finden. Könntest du dir vorstellen, das mal zu probieren?«

»In einer Mädchenmannschaft?«, fragte Lena, als hätte er ihr vorgeschlagen, sie solle zusammen mit Kamelen spielen.

»Lena, du bist auch ein Mädchen«, bemerkte Ellisiv trocken. »Wenn du weiterhin Fußball spielen willst, dann musst du früher oder später in einer Mädchenmannschaft anfangen.«

Ich war überzeugt davon, dass Lena Nein sagen würde. Nie im Leben würde sie sich trauen, die Mannschaft zu wechseln. Nachdenklich schob sie sich nach und nach fünf Schokoladenstückchen in den Mund.

»An welchem Tag trainieren sie?«, fragte sie schließlich.

Ich schaute sie überrascht von der Seite an. War sie tatsächlich so mutig?, dachte ich erschrocken.

Die Nacht über wurde das Unwetter nur immer schlimmer. Jetzt herrschte kein Zweifel mehr daran, dass es sich um einen Orkan handelte. Axel lief nervös in dem kleinen Wohnzimmer hin und her. Einmal ging er sogar hinaus auf die Vortreppe, kam aber schnell wieder rein.

»Das Haus steht seit dem 19. Jahrhundert«, erklärte Ellisiv, »dann wird es auch diese Nacht noch überstehen.«

Sie zog Lena in ihren Arm, wie nur Ellisiv es kann, und so schliefen die beiden auf dem Sofa ein.

Nach dem Sturm

Gegen Morgen beruhigte sich das Wetter. Im Morgengrauen gingen wir hinaus auf die Vortreppe und blieben dort sprachlos stehen. Es sah aus, als hätte die Welt den Kampf ihres Lebens gefochten und läge jetzt da und schnappte nach Luft. Ellisivs Pflaumenbaum war mitten durchgebrochen und bestand nur noch aus verdrehten scharfen, weißen Holzsplittern. Nach Knert-Mathilde hin lagen Fichten kreuz und quer über der Straße, und an einigen Stellen waren Asphaltstücke weggespült worden. Einer der Laternenmasten vor dem Haus verneigte sich unsicher vor uns. Und hinter allem lag das Meer wie eine seekranke graue Masse.

Allein die Vorstellung, dass Lena und ich mitten da drin gewesen waren, verursachte bei mir Übelkeit. Unten im Fjord rollten große, unruhige Brandungswellen übers Land und spuckten Holz und Steine zwischen den Felsen aus.

»Wie es wohl letzte Nacht auf Kobbholmen gewesen ist?«, sagte Lena nachdenklich. »Glaubst du, das Haus steht noch?«

Ich kam nicht dazu, darauf zu antworten, denn plötzlich hörten wir den Motor eines Treckers. Als er nicht weiterkam, hielt er an, und jemand sprang hinunter und fing an, die im Weg liegenden Fichten zu zerhacken. Das war mein Papa.

»Trille!«

Als er es endlich bis zu uns auf die Vortreppe geschafft hatte, war ich gefangen in einer Bärenumarmung. Nach einer Weile schloss er Lena in die gleiche heftige Umarmung mit ein. War er nicht wütend?

»Ist es sicher, mit dem Trecker herumzufahren, bevor alles geräumt wurde?«, fragte Lena.

Papa ließ sie los.

»Sicher?«, rief er. »Du hast Nerven, mich das zu fragen, schließlich warst du es, die zum Rummelpottlaufen mitten im Weltuntergang herumspaziert ist!«

Er war wütend. Richtig wütend.

»Wo ist Isak?«, fragte Lena verzagt.

Ich konnte ihrer Stimme anhören, wie sehr sie sich wünschte, dass Isak mit Trecker und Bärenumarmung zu uns gekommen wäre.

»Isak?«

Papa schlug die Hände zusammen.

»Isak ist bei Kari, Lena! Trille ist letzte Nacht wieder zum großen Bruder geworden!«

≈

Dann hatte sich also mein Bruder die schlimmste Unwetternacht seit Menschengedenken ausgesucht, um zu uns zu kommen. Die Nacht, in der große Bäume quer über der Straße lagen, sodass kein Krankenwagen kommen konnte. Die Nacht, in der keine Fähre fuhr. Und in der das Telefonnetz und das Internet unterbrochen waren, sodass niemand irgendwo anrufen konnte.

Während sich die Orkanböen immer und immer wieder über unsere Bucht geworfen hatten, hatte Mama unten in Opas Wohnung einen ganz neuen Menschen geboren. Das Unwetter hatte Isak zur Hebamme und Ylva zur Kinderschwester werden lassen. Minda und Magnus waren wie verrückt durchs ganze Haus gerannt, sie hatten Handtücher und Wasser geholt, die Öfen befeuert und aufgepasst, dass genügend Kerzen brannten. Und Opa, der sich selten über etwas aufregte, war wie ein Nervenwrack herumgelaufen, hatte geflucht und mit Türen geschlagen und immer wieder wütend gefragt, wer um alles in der Welt es sich nur ausgedacht hatte, dass Frauen solche Schmerzen haben sollten, wenn sie ein Kind gebaren. Nur Krølla hatte in all dem Drama geschlafen.

»Und dann ist es doch kein Bruder geworden, Trille«, sagte Papa mit aufgeregter Stimme, als wir vorsichtig über die herabgestürzten Bäume geklettert und den Trecker erreicht hatten.

Energisch drehte er den Schlüssel.

»Stellt euch vor, es ist eine Schwester! Und was für eine, groß und stark!«

Opa hatte sie gleich auf seiner Fischwaage gewogen. »4790 Gramm!«

»Weißt du, was für eine tolle Mutter du hast?«, rief Papa begeistert und kniff mir in die Wange, dass es wehtat. »Weißt du das?«

≈

Ob ich wusste, was für eine tolle Mutter ich hatte? Ich blieb vor der Tür stehen und schaute durch den Spalt. Sie lag so friedlich da, wie Papa durchgedreht gewesen war. Der graue Pony lockte sich auf ihrer Stirn. Sie sah aus, als ruhte auch sie sich nach einer Art Orkan aus. Auf der Bettkante saß Krølla und strahlte wie eine Sonne. Sie war durch und durch die stolze große Schwester.

»Hallo, Trilleschatz«, murmelte Mama und strich mir über die Wange, nachdem ich mich hineingeschlichen hatte. »Was um alles in der Welt hast du dir nur dabei gedacht?«

Ich wollte schon antworten und mich entschuldigen, aber anscheinend war ihr das gar nicht so wichtig.

»Guck mal«, sagte sie nur und nickte zur Wiege hin. »Du kannst sie gern hochnehmen.«

»Sie wiegt fast nichts«, erklärte Krølla von der anderen Bettseite aus.

»Nun ja, nichts …«, murmelte Mama müde und legte den Kopf zurück aufs Kissen.

Vorsichtig hob ich den kleinen Körper hoch. Als Krølla geboren wurde, war ich noch so klein gewesen, dass ich mich nicht mehr daran erinnern konnte, deshalb wusste ich überhaupt nicht, was für ein Gefühl das wohl sein würde, die neue kleine Schwester im Arm zu haben. Sie kroch mir geradewegs ins Herz und kauerte sich dort zusammen. Hätte sie mir befohlen, die Buchpräsentation zu halten, ich hätte es getan. So ein Gefühl war das. Draußen hatte der Wind alles durcheinandergewirbelt, aber hier lag sie, friedlich und geborgen und ganz neu auf der Welt. Es war nicht zu glauben!

Ich werde immer auf dich aufpassen, dachte ich und schaute in das runde, rote Gesicht und auf den halb offenen Mund. Leise kam Lena hinter mich geschlichen. Sie betrachtete mit ernster Miene das kleine Mädchen und schüttelte nur leicht den Kopf, als ich sie fragte, ob sie sie auch einmal halten wollte. Stattdessen strich sie vorsichtig mit einem ihrer sehnigen, kräftigen Finger über die Nasenwurzel des Babys. Dann seufzte sie und ging.

≈

Es war ungewohnt, so ohne Strom und Internet, aber eigentlich auch ganz gemütlich. Im Laufe des Tages wärmten Ylva und Papa die Reste vom Weihnachtsessen aus beiden Häusern auf dem Holzofen im Wohnzimmer auf und zauberten so eine Mahlzeit für alle zusammen. Magnus war der Einzige, der mich und Lena über unsere Rummelpottrunde ausfragte. Ich war froh, dass unser Abenteuer so zwischen den ganzen aufregenden Ereignissen verschwand. Wir würden sicher noch was zu hören bekommen, wenn die Lage sich beruhigt hatte.

»Hat sie schon einen Namen?«, fragte ich, als alle am Tisch versammelt waren und Mama im Sessel am Ofen saß und meine kleine Schwester stillte.

Deshalb hatte ich mir nämlich schon Sorgen gemacht. Weder Krølla noch ich waren der Meinung, dass wir besonders viel

Glück mit unseren Namen hatten. Das ist ein Grund, warum wir unsere Spitznamen bekommen haben, um es vorsichtig auszudrücken. Jetzt tauschten Mama und Papa vorsichtige Blicke.

»Wir haben überlegt, ob wir ihr einen Namen geben, der an Wind und Orkanböen erinnert«, sagte Mama.

»Und was für einen zum Beispiel?«, fragte Magnus skeptisch.

»Lovinda«, sagte Papa. »Gefällt der euch?«

Minda hörte auf zu kauen und schaute Magnus an. Dieser räusperte sich. Lovinda. Das war schon ziemlich speziell, aber man konnte sich wohl daran gewöhnen. Und irgendwie war es ja auch ganz schön, einen Namen zu haben, den es nicht so häufig gab. Wir nickten und zuckten mit den Schultern. Lovinda. Das ging schon, ja.

»Wenn ich ihr wäre, dann hätte ich sie anders genannt«, bemerkte Lena vom anderen Tischende aus.

»Lena!«, wies Ylva sie zurecht.

Manchmal glaube ich, dass Lena einfach vergisst, dass sie nicht eines von uns Geschwistern ist. Mama schmunzelte hinten in ihrem Sessel.

»Was findest du denn, wie sie heißen soll?«

Lena schluckte einen Bissen runter und schaute Opa an.

»Ich finde, Inger klingt schöner.«

Treibgut

Orkane wie der, den wir überstanden hatten, spucken nicht nur Plastikkanister und Wassereimer aus. Nach einer ersten Suche unten am Fjordufer hatten wir einen losgerissenen Schwimmsteg, Polter-Kåres Plastikboot, eine halbe Spielhütte und einen toten Hirsch eingesammelt. Außerdem hatte die Sturmflut Steinhaufen aus der Mole gerissen und die Tür zu unserem Bootsschuppen zu Kleinholz zerschmettert. Glücklicherweise hatte die Troll nur kleinere Schäden am Schiffskörper davongetragen. Eigentlich waren wir in Knert-Mathilde glimpflich davongekommen. In anderen Orten sah es schlimmer aus.

Nachdem der Strom zurückgekommen war und wir wieder Verbindung zur Umwelt hatten, strömten die Meldungen darüber bei uns ein, was alles kaputtgegangen war. Der Nadelwald lag auf mehreren Berghängen wie frisch gemähtes Gras platt auf dem Boden, Boote und Bootsschuppen entlang der ganzen Küste waren beschädigt, und bei einigen Menschen waren sogar die Häuser zerstört worden.

»Aber das Fantastischste ist eigentlich nicht, dass wir in dieser Nacht eine Schwester bekommen haben«, erklärte Magnus, als wir uns unten den Anleger anschauten. »Das Bemerkenswerteste bei diesem Orkan war, dass Lena und du Rummelpott gelaufen seid. Das sieht euch so verdammt ähnlich.«

»Psst«, sagte ich.

Wie üblich nach einem Unwetter suchten wir die Strände nach Schätzen ab. Aus all dem Treibholz hätten wir eine ganze Armada bauen können. Lena war bereits dabei, ein neues, viel besseres Floß zu planen.

»Was wir letztes Mal gebaut haben, das war ja total blöd. Jetzt können wir uns das beste Material aussuchen«, sagte sie und musterte den Müll am Ufer mit kritischem Blick.

Ich nickte und spürte, wie ein wenig Eifer in meiner Brust aufblühte. Wir konnten all das hier wirklich sehr gut gebrauchen. Lena sprang fröhlich von einem Stein zum anderen.

»Trille, guck mal!«, rief sie plötzlich und zog etwas Glänzendes aus einer dicken Algentraube hervor.

Aber ich sah und hörte sie nicht mehr, denn oben beim Haus offenbarte sich eine Erscheinung, die mein Herz Salto schlagen ließ. Birgitte mit Haas. Sie kamen die Treckerspur heruntergeschlendert, direkt unter den Ebereschen. Die Sonne warf orangefarbene Winterstrahlen schräg auf die Felder und ließ alles um sie herum funkeln und glitzern. Sie war zurück!

»Frohes neues Jahr.«

Birgitte schaute mich und das Chaos am Fjordufer verschmitzt an. Ich musste schmunzeln. Es war so schön, sie wiederzusehen, und was hatte ich nicht alles zu erzählen! Haas stieß mich energisch in den Bauch, dann lief er weiter zu Lena, die immer noch an dem Algenhaufen stand und keinerlei Anstalten machte, sich in nächster Zeit von dort wegbewegen zu wollen.

»Lena will ein neues Floß bauen«, sagte ich und zuckte ein wenig resigniert mit den Schultern.

Birgitte lachte und erklärte, dass sie lieber darauf verzichten wolle.

»Nun, ich lieber auch«, stimmte ich ihr zu und schaute kurz zu Lena hinüber, die gerade dabei war, eine halbe Bootsschuppentür vom Boden hochzuheben.

Haas sprang bellend um sie herum.

»Er ist so froh, wieder hier zu sein«, sagte Birgitte. »Knert-Mathilde ist für einen Hund viel besser als Amsterdam.«

Ich hätte sie gern gefragt, ob sie auch froh war, wieder hier zu sein, schaffte es aber irgendwie nicht. Stattdessen gingen wir langsam zu Lena hinunter.

»Was hast du gefunden?«, fragte ich, als mir einfiel, dass sie mich gerufen hatte.

»Ach, nichts Besonderes«, murmelte sie, ohne mich anzusehen.

Dann suchte sie weiter. Ich sah, dass sie etwas unter der Jacke versteckt hatte, kümmerte mich aber nicht weiter darum.

Lena wird handgreiflich

»Wa-warum warst du g-gestern nicht beim Training?«

Die Schule hatte wieder angefangen. Wir sollten nächste Stunde Sport haben und hockten frierend vor den Umkleideräumen. Andreas schaute Lena fragend an.

»Ich habe gewechselt«, sagte sie kurz.

Alle Jungs horchten auf.

»Gewechselt? Und wo spielst du jetzt?«

Tore war überrascht.

»Mit ein paar Mädchen in der Stadt.«

»Ach«, bemerkte Andreas. »W-wie blöd.«

»W-wie blöd-d-d«, äffte Kai-Tommy ihn nach und kicherte leise zusammen mit Tore.

Lena legte die Füße auf den Turnbeutel und schielte verächtlich zu ihnen hinüber.

»Ich denke gar nicht daran, mein Leben damit zu vergeuden, die ganze Zeit auf der Bank zu sitzen«, murmelte sie.

Kai-Tommy grinste.

»Ist doch gut mit einer Mädchenmannschaft«, sagte er. »Das ist bestimmt eher dein Niveau.«

Das war der Tropfen, der das Fass zum Überlaufen brachte. Die alte Lena erwachte.

»Verdammt, es ist nicht das Niveau, das nicht stimmt!«

»Was hast du gesagt?«

Kai-Tommy beugte sich weiter vor.

»Ich habe gesagt: Es ist nicht das Niveau, das nicht stimmt!«

Birgitte sah die beiden verwundert an. Würde sie endlich begreifen, wie es in unserer Klasse so lief?

»Und was stimmt dann nicht?«, fragte Kai-Tommy.

Lena gab keine Antwort. Kai-Tommy wiederholte die Frage, als wollte er gern eine Antwort haben.

»Der Trainer«, sagte Lena schließlich und sah ihm dabei direkt ins Gesicht.

Da fing Kai-Tommy an zu lachen.

»Der Trainer? Du kapierst ja rein gar nichts, Lena!«

»Was gibt es da zu kapieren, du Amöbe? Ich bin genauso gut wie Tore, trotzdem hat mich dein Vater die ganze Saison über auf der Reservebank hocken lassen. Das ist nicht fair.«

»Du bist nicht so gut, wie du glaubst«, erwiderte Kai-Tommy in resigniertem Ton. »Du schaffst es einfach nicht mehr, das Niveau zu halten.«

»Schwachsinn!«, schrie Lena und stand auf.

»Schwachsinn?«

Kai-Tommy war auch sofort auf den Füßen. Ich erinnere mich daran, als sie sich das letzte Mal prügelten. Da waren sie ungefähr gleich groß gewesen.

Jetzt war Kai-Tommy deutlich größer.

»Wir sind dabei, eine Mannschaft zu formen«, sagte er, »und Tore steht im Tor, weil er eine Zukunft als Torhüter hat. Wir können dich nicht reinnehmen, nur um nett zu Mädchen zu sein.«

Und da passierte es. Lena schlug wieder zu.

Ein Stöhnen ging durch den Raum. Kai-Tommy wich zurück, aber dieses Mal war es kein K. o. wie damals in der vierten Klasse. Er blinzelte ein wenig, fasste sich ans Kinn, dann flog er wütend auf Lena zu. Eine Sekunde lang standen wir wie gelähmt da, während die beiden aufeinander losdroschen. Der große Kai-Tommy und die kleine Lena.

»Nein!«, rief ich und warf mich dazwischen.

Tore und Abdulahi packten Kai-Tommy. Andreas und ich bekamen Lena zu fassen. Es gelang uns, die beiden auseinanderzubringen, bevor der Lehrer kam.

»Du bist ein Mistkerl, Kai-Tommy!«, schrie Lena.

Die Tränen liefen ihr über die Wangen, sie blutete aus einem Riss über dem Auge. »Ihr seid alle Feiglinge, die ganze Bande.«

Dann lief sie davon.

Birgitte stand stumm und kreideweiß vor dem Mädchenumkleideraum. Kai-Tommy schaute verlegen zu ihr hinüber und wischte sich ein wenig Sand von der Wange.

»Verdammt, sie ist aber auch wild«, murmelte er und breitete irgendwie entschuldigend die Arme aus.

Und was stimmte nicht mit mir? Ich stand da und spürte eine heimliche Freude darüber, dass Birgitte endlich gesehen hatte, wie Kai-Tommy sein konnte. Als ich schließlich hinter Lena herlaufen wollte, stellte ich fest, dass Andreas mir schon zuvorgekommen war.

Den restlichen Schultag über blieb Lenas Tisch leer. In der Klasse herrschte eine sonderbar geladene Stimmung. Ellisiv, die nicht wusste, was geschehen war, stand mit gerunzelter Stirn da und schaute über die Klasse. Ich wusste, ganz gleich was sie auch tat, Lena würde nie im Leben etwas sagen. Sollte ich es ihr erzählen? Ich ließ es lieber sein.

Als ich nach Hause kam, war Lena bereits zum Training gefahren. An einigen Tagen musste sie direkt nach der Schule wieder los, um die Fähre zu erreichen. Ich setzte mich in unsere leere Küche und klaubte ein paar Krümel vom Tisch.

»Ist Lena nicht da?«, fragte Mama, die Inger im Wohnzimmer stillte.

Ich schüttelte den Kopf.

Am Abend stand ich hinter den Zypressen und sah, wie sie auf dem Fahrrad heimkam. Sollte ich zu ihr in die Lid-Küche gehen? War sie sauer auf mich? Dieser verfluchte Fußball! Es wäre besser, es gäbe ihn gar nicht. Bevor ich für mich beschlossen hatte, was ich nun tun sollte, ging die Tür oben wieder auf. Lena lief über die Felder, hinunter zum Bootshaus. Ich blinzelte in der Dunkelheit. Da unten brannte Licht. Opa war an der Troll beschäftigt. Worüber unterhielten sich die beiden, Opa und Lena, wenn sie zusammen waren?

Ich drehte mich um und ging ins Haus.

Meine Opahände

Im Laufe des Spätwinters tauchte Opa ständig in seinem schmutzigen Arbeitsoverall auf. Er arbeitete an der Troll, wollte das Boot für die neue Saison fertigkriegen.

»Kannst du nicht warten, bis der Frühling kommt?«, fragte Papa ihn. »Was musst du die ganze Zeit da unten in der Kälte herumwerkeln?«

Opa überhörte ihn.

»Ich glaube, wir schaffen es zum Dorsch, Trille«, sagte er nur und schaute mich von der Seite an.

Ich nickte und spürte ein schlechtes Gewissen im Bauch rumoren. Es war schon ewig her, seit ich das letzte Mal bei ihm unten im Bootsschuppen gewesen war.

Aber er war meistens nicht sehr lange draußen, mein Opa. Unsere kleine Schwester hatte oft Luft im Bauch, und sie musste nicht lange jammern, dann ließ Opa alles fallen, was er in den Händen hatte, und kam herbeigeeilt.

»Hier wird der Fachmann gebraucht«, sagte er dann und drehte Inger so herum, dass ihr kleiner runder Bauch auf seiner Handfläche lag.

Dann liefen sie im Haus herum, Opa und Inger, wobei er sie leicht schaukelte und mit seiner großen Hand über den kleinen Rücken strich.

»Hört, hört!«, rief er stolz bei jedem kleinen Pups und Bäuerchen.

Er nannte sie meistens »mein kleines Mädel«, aber ab und zu sagte er auch ihren Namen, und dann sagte er ihn schnell und etwas verschämt, ungefähr so, wie Lena »Papa« zu Isak sagte.

Eines Tages stellte ich fest, dass auch ich anfing, Inger wie Opa zu tragen. Ich hatte zwar kleinere Hände, aber genau wie früher, im Bootsschuppen, fingen sie an, sich genau wie seine zu verhalten, ohne dass ich das eigentlich bewusst tat.

»Hört, hört!«, rief ich eines Tages grinsend Mama zu, als Inger einen lauten Pupser vernehmen ließ, während ich sie auf Opaart trug.

»Klein-Lars«, sagte Mama und fuhr mir mit der Hand durchs Haar.

Es war lange her, dass mich jemand so genannt hatte.

Und plötzlich war es, als brenne etwas in mir. Ich musste unbedingt hinunter zum Bootsschuppen. Also schlüpfte ich in die Gummistiefel und lief hinunter zum Fjord. Die Troll lag noch an Land, Opa war dabei, den Schiffskörper zu streichen.

»Soll ich dir helfen?«

»Nein, lass mal, du machst dich nur schmutzig«, sagte Opa und guckte dabei meinen Pullover an.

»Ach was«, erwiderte ich, »ich kann doch mein Ölzeug anziehen.«

Schnell nahm ich den orangefarbenen Anzug von seinem Haken im Schuppen. Es schien mir Jahre her zu sein, seit ich ihn das letzte Mal getragen hatte. Ein leichter Geruch nach Fisch und Meer legte sich vertraut um meinen Körper.

»Wird sie morgen zu Wasser gelassen?«, fragte ich und kroch ganz unter den Schiffsrumpf, dorthin, wo man am schwierigsten rankommt.

»Tja, sieht wohl so aus«, meinte Opa und sah mich fröhlich an. »Tor hat versprochen, mir zu helfen.«

Wie schön es war, da unter dem Boot zu liegen und zusammen mit Opa einfach nur zu arbeiten. Ich wünschte, es könnte den ganzen Nachmittag so weitergehen, aber Opa war fast fertig. Nach einer halben Stunde war die Arbeit getan. Ich zog mir das Ölzeug aus und zusammen gingen wir zum Haus hoch.

»Danke für deine Hilfe«, meinte Opa.

»Kein Problem«, erwiderte ich und wollte mit ihm hineingehen, als ich Birgitte entdeckte.

Sie kam in voller Fahrt von den Bakkane runtergeradelt. Mein Magen krampfte sich vor Spannung zusammen. Kam sie zu mir zu Besuch? Ich wollte ihr schon entgegengehen, als ich verwundert feststellte, dass sie den anderen Weg nahm.

Mich verließ der Mut. Ich wusste, wohin sie wollte. Immer häufiger wurde mir aus den Gesprächen zwischen Birgitte und Kai-Tommy klar, dass sie sich nach der Schule unten am Fähranleger trafen. Ich schluckte.

»Bis bald«, murmelte ich Opa zu, ging zur Garage und holte mein Fahrrad heraus.

Und schon kurz darauf saß ich vor dem Kiosk und baumelte

mit den Beinen. Um mich herum knatterten die Mopeds und hinten auf einer anderen Bank saßen Kai-Tommy und Tore zusammen mit ein paar Jungs aus der höheren Schule. Birgitte konnte ich nicht entdecken. War sie doch nicht hierhergefahren? Ich war schon im Kiosk gewesen und hatte dort nach ihr Ausschau gehalten. Und jetzt saß ich hier mit einer Cola in der Hand und fühlte mich wie ein Idiot.

Da kam Lena auf dem Fahrrad angefahren, die Fußballtasche auf dem Gepäckträger und den Mannschaftsoverall in der ungewohnten roten Farbe der Stadtmannschaft übergezogen. Als sie anhielt, entdeckte sie mich und legte den Kopf schräg, als studierte sie eine seltene Orchidee.

»Sitzt du hier?«

Ich nickte. Und als wollte ich unterstreichen, dass ich jetzt so einer war, der hier saß, beugte ich mich zur Seite und spuckte souverän auf den Kai. Lena biss sich auf die Lippe. Ich kannte sie. Sie versuchte, nicht zu lachen.

»Was ist?«, fragte ich und breitete die Arme aus.

Lena hüpfte auf den Tisch und setzte sich vor mich.

»Du siehst so bescheuert aus, Trille«, sagte sie.

Verdammt! Konnte sie nicht einmal einfach nur den Mund halten?

»Hey, hey! Die Turteltauben von Knert-Mathilde!«, rief Kai-Tommy uns von der anderen Seite des Parkplatzes aus zu.

Genau in dem Moment kam Birgitte auf dem Fahrrad heran. Es fehlte nicht viel, und ich hätte Lena vom Tisch geschubst. Wenn Birgitte die Situation jetzt falsch verstand! Aber Lena saß unerschütterlich da und schaute mit müdem Blick zu Kai-Tommy rüber.

»Ich hoffe wirklich, dass die Flut ihn eines Tages schluckt«, murmelte sie.

Ich winkte Birgitte zu, während diese in den Kiosk ging.

Kai-Tommy glotzte die ganze Zeit in unsere Richtung, und ich spürte, wie die Wut in mir wuchs. Seit der Prügelei hatte er Lena nur geärgert. Höhnisch redete er davon, dass sie ein ernstes Problem mit dem Temperament habe – womit er in gewisser Weise ja auch recht hatte – und dass es wohl nicht klug sei, einfach auf Leute loszugehen, wie sie es tat. Und um zu beweisen, dass er recht hatte, reizte er sie zu jeder Gelegenheit, die sich nur bot. Und einige Male wäre es ihm fast gelungen. Aber erstaunlicherweise hatte Lena es geschafft, nicht zu explodieren. Jetzt öffnete sie den Reißverschluss ihres Overalls und schaute mich mit funkelndem Blick an. Es sah aus, als wollte sie jeden Moment platzen.

»Was ist?«, fragte ich.

Lena grinste jetzt übers ganze Gesicht.

»Was ist? Hast du eine Million gewonnen, oder was?«

»Wir kriegen ein Baby«, sagte sie, und ihre Stimme platzte vor unterdrückter Freude.

»Stimmt das? Wirklich?«

Lena nickte mit einem strahlenden Lächeln.

»Herzlichen Glückwunsch!«

»Was gibt es zu gratulieren?«

Kai-Tommy war zu uns geradelt und stützte sich mit einem Fuß am Tisch ab.

»Nichts«, sagte Lena.

Mit langsamen Bewegungen öffnete Kai-Tommy seine Flasche Limonade und trank einen Schluck. Er trug nur einen Kapuzenpullover, obwohl es noch eiskalt war.

»Schicker Anzug«, sagte er sarkastisch und zeigte auf Lenas Trainingsdress.

Lena schaute hinüber zur Fähre, die gerade am Kai anlegen wollte, und erwiderte nichts.

»Und, läuft es in der Stadt?«, fragte er schließlich.

»Ja, danke. Ich amüsiere mich blendend auf meinem Niveau«, antwortete Lena, ohne den Blick von der Fähre zu lösen.

»Hattest du denn schon irgendwelche Spiele?«

»Nein.«

Kai-Tommy ließ sein Rad hin und her rollen. Er schien verärgert darüber zu sein, dass es ihm nicht gelang, sie anzustacheln.

»Wozu hat er dir dann gratuliert, hä?«

»Ich habe ihr gratuliert, weil sie ein Geschwisterchen kriegen soll«, sagte ich schließlich.

»Oh«, sagte Kai-Tommy überrascht. »Ja, dann Glückwunsch.«

Lena stand wortlos vom Tisch auf. Ich weiß nicht, ob es das war, was Kai-Tommy nicht ertrug, oder ob es daran lag, dass er es nicht geschafft hatte, sie zum Explodieren zu bringen. An irgendetwas musste es jedenfalls gelegen haben. Er warf den Pony nach hinten und rief Lena hinterher: »Super für Isak, sein eigenes Kind zu kriegen. Es kann nicht leicht für ihn sein, dich als Zugabe gekriegt zu haben, so, wie du dich aufführst.«

Ich spürte, wie ich im Inneren eiskalt wurde. Lena erwiderte nichts. Sie ging weiter zur Fähre. Hatte sie es nicht gehört? Ich sah voller Wut Kai-Tommy an, sagte aber nichts, denn in dem Moment kam Birgitte. Sie hatte sich eine Tafel Schokolade gekauft, die sie öffnete und uns lächelnd davon anbot.

»Stimmt was nicht?«, fragte sie unsicher.

Ich schaute unruhig zur Fähre hinunter. Lena würde sich doch wohl nicht um das kümmern, was Kai-Tommy gerade gesagt hatte? Natürlich war sie Isaks Kind! Das wusste sie ja wohl, oder? Kai-Tommy schielte unter dem Pony zu mir herüber, und plötzlich begann er, in der Luft zu schnuppern.

»Oh verdammt, hier stinkt es nach Fisch.«

Das Blut sackte mir bis in die Füße. Kurz warf ich Birgitte einen Blick zu. Auch sie schnupperte jetzt unsicher in der Luft.

»Ehrlich mal, Trille. Bist du das?«

Kai-Tommy schaute mich an, als wäre ich der ekligste Mensch auf der Welt.

»Nein«, antwortete ich und zog mich zurück.

Schnell leerte ich meine Flasche und schwang mich aufs Fahrrad. In mir brannte und hämmerte es vor Scham.

Als ich nach Hause kam, schmiss ich das Fahrrad in die Garage und stieß fast mit Opa zusammen. Er stand mit einem Eimer voll gefrorenem Hering vor der Tür und war auf dem Weg hinunter zum Bootsschuppen.

»Kommst du mit, Trille?«, fragte er.

»Nein«, murmelte ich und rannte mit klopfendem Herz hinein.

Ich riss mir verzweifelt alle Kleider vom Leib und ging unter die Dusche.

Der Tod eines Huhns

Am nächsten Tag hielt ich mich in der Schule weit von Birgitte fern. Ich würde nie wieder ein Wort mit ihr wechseln. Ich, der ich nach Fisch stinke. Kai-Tommy hielt sich grinsend die Nase zu, als er an mir vorbeiging. Wäre ich nicht so tief in meinem eigenen Elend versunken, hätte ich bemerkt, dass mit Lena etwas nicht stimmte. Aber das tat ich nicht.

Nicht einmal am Abend, als Lena wegen eines toten Huhns Rotz und Wasser heulte, begriff ich, dass es um etwas ganz anderes ging. Eigentlich hätte ich es sofort merken müssen, aber das mit dem Huhn brachte so viele Verwicklungen mit sich, dass Lena ganz in den Hintergrund rutschte.

Es begann damit, dass Birgitte zu Besuch kam. Verwundert ließ ich sie in die Küche und schämte mich ein bisschen, dass die schmutzigen Teller von unserem Essen immer noch auf dem Tisch standen.

»Du kannst Haas gern mit reinnehmen«, murmelte ich, aber sie ließ ihn vor der Tür sitzen.

»Ich bleibe nicht lange«, sagte sie und sah mich kurz an.

Das konnte ich natürlich verstehen. Birgitte sah mich mit ihren freundlichen Augen an und wollte gerade etwas sagen, als Haas plötzlich anfing zu bellen.

»Oh nein, das ist bestimmt ein Fuchs!«

Ich rannte aus der Küche. Wir hatten im letzten Monat bereits zwei Hühner verloren. Papa redete die ganze Zeit davon, dass er sich eines Morgens auf die Lauer legen und den Schlingel erschießen würde, wenn er sich wieder bis an unser Haus heranwagte, aber das war nur Gerede. Als Huhn Nummer 2B verschwand, regten wir uns nicht besonders auf. Auch nicht, als Huhn Nummer 5 weg war und nur noch ein paar Federn und ein paar Bluttropfen zu finden waren. Aber an diesem Abend war alles anders. Das begriff ich sofort, als ich in den Garten hinausrannte. Lena war bereits dort. Und sie schäumte vor Wut. Nummer 7, ihr Lieblingshuhn, lag dicht am Gitterzaun auf dem

Rücken. Der Kopf war verletzt, aber es lebte noch. Haas' Bellen hatte den Fuchs wohl mitten im Angriff verscheucht. Lena beugte sich hinunter, und als sie wieder aufstand, mit dem Huhn in den Armen, schluchzte sie, wie ich es noch nie erlebt hatte. Was um alles in der Welt …? Das war doch nur ein Huhn!

»Lena«, sagte ich vorsichtig, »es ist zu sehr verletzt, um zu überleben … Du kannst es nicht …«

»Das sehe ich auch, ich bin doch nicht bescheuert!«

Sie drehte sich um und ging zu unserer Kellertür, klingelte dort. Ich hörte, wie sie den Rotz hochzog und tief Luft holte. Opa schaltete das Außenlicht an und öffnete.

»Kannst du mir mit einem Erwürgen helfen, Lars?«, fragte Lena und hielt das Huhn ins Licht.

Ich hätte wohl in dem Moment schon begreifen müssen, dass das hier für Birgitte nicht normal war. Hätte ich mich umgedreht, hätte ich gesehen, dass sie doppelt so bleich war wie damals bei dem Schiffbruch mit dem Floß. Aber jetzt dachte ich nur an Lena und das Huhn. Opa tötete Nummer 7 so schnell und schmerzlos, wie nur er es kann.

»Dann wollen wir mal sehen, ob Reidar uns nicht zum Wochenende ein Hühnerfrikassee kochen kann«, versuchte er zu trösten und hielt das Huhn unter die Außenlampe, um sich zu vergewissern, dass es wirklich tot war.

Hinter mir hörte ich ein tiefes Luftholen, worauf ich mich endlich zu Birgitte umdrehte.

»Was ist Hühnerfrikassee?«, flüsterte sie, ohne den Blick von dem Huhn in dem Lichtkegel abzuwenden.

Ich erklärte es ihr, wie ich ihr schon immer alle Worte erklärt hatte: »Das ist ein Mittagessen. Hühnerfleischstückchen in heller Soße. Sehr lecker.«

Birgitte bestand nur noch aus zwei großen Augen in der Dunkelheit.

»Aber … Lena hat doch geweint?«, brachte sie stotternd heraus und schaute zu Lena hinüber, die den blutenden Hühnerkörper die Treppe hinauftrug, zu Mama in die Küche.

Es ist gut, Essen von den Tieren zu kochen, die wir vorher selbst töten müssen – das hat Papa uns immer erklärt, und das sagte ich Birgitte jetzt auch. Sie starrte mich an, als stammte ich von einem anderen Stern.

»Findest du es besser, ein Tier zu essen, das du nicht kennst?«, fragte ich verwirrt.

»Ich esse keine Tiere«, flüsterte Birgitte.

»Hä?«

»Wir sind doch Vegetarier …«

»Ach …«, sagte ich verblüfft.

Das hatte ich gar nicht mitbekommen.

»Esst ihr nie Fleisch?«

Birgitte schüttelte den Kopf.

»Und Fisch?«

Sie schüttelte noch einmal den Kopf.

»Aber was esst ihr dann?«, fragte ich verzweifelt, denn zu allen Mittagessen, die ich in meinem Leben gegessen hatte, hatte es entweder Fisch oder Fleisch gegeben.

»Andere Dinge!«, erklärte Birgitte wütend, und dann lief sie zusammen mit Haas los, zu sich nach Hause.

Ich blieb im Garten stehen, vollkommen erschöpft. Schließlich folgte ich mit schweren Schritten der Blutspur ins Haus.

In der Küche herrschte ein ziemliches Durcheinander. Lena heulte, und Mama tröstete sie, so gut sie konnte, während sie gleichzeitig auf dem Herd Wasser in einem großen Topf erhitzte.

»Wird Reidar jetzt endlich den Fuchs erschießen, oder ist das nur reine Prahlerei?«, schrie Lena. Sie war so außer sich, wie ich sie noch nie gesehen hatte.

»Aber liebe Lena«, sagte Mama und versuchte, sie an sich zu ziehen.

Doch Lena riss sich los.

»Das war das Huhn Nummer 7!«

Das wusste Mama. Sie nahm das Huhn und tauchte es für eine Weile in das heiße Wasser.

»Willst du mir helfen, die Federn zu rupfen?«, fragte sie.

»Nein!«, schrie Lena.

Unglücklich schaute ich das Huhn an. Hühnerfrikassee mit Kartoffeln und gekochten Karotten ist mit das Beste, was ich mir vorstellen kann. Das ist ein Oma-Mittagessen. Etwas ganz Besonderes. Und Birgitte, die fand das eklig?

»Der Fuchs muss erschossen werden!«, rief Lena erneut.

Ich war nur froh, dass Papas Waffen sicher unter Verschluss waren. Kein Fuchs von hier bis zum Pluto wäre sicher gewesen, stünde der Waffenschrank offen. Und auch kein anderes lebendiges Wesen.

»Verdammt, ich weiß, was ich tun werde«, murmelte Lena und wischte sich mit dem Pulloverärmel über die Augen. »Komm, Trille.«

Eigentlich hätte ich hoch zu den Bakkane radeln und mit Birgitte reden sollen, aber irgendwie schaffte ich das nicht. Stattdessen folgte ich Lena. Mein ganzes Leben lang hatte ich Tiere gegessen, die ich gemocht hatte. Flaschenlämmer, die ich im Sommer gefüttert hatte, hatte ich Weihnachten gegessen. Kaninchen, die unter Opas Küchenfenster gewohnt hatten, wurden eines nach dem anderen zu Ragout. Unsere Ziege hatten wir gegessen und von den Hühnern machten wir jedes Mal ein Festessen. Und Fisch! Ich hatte so viele Fische gegessen, damit hätte man ein ganzes Schwimmbecken füllen können. Nie in meinem Leben war mir der Gedanke gekommen, das könnte irgendwie nicht richtig sein. Und jetzt war Birgitte, die liebe, freundliche Birgitte, zu Tode erschrocken und angeekelt nach Hause gestürmt. Mir fiel der große Gemüsegarten bei ihnen oben ein. Und das Sauerteigbrot mit Pfifferlingen, das sie mir dort serviert hatten. Sie fand sicher, dass ich unmöglich war. Ich roch nach Fisch, aß Tiere und war ein durch und durch ekliger Typ.

Während die Gedanken in meinem Kopf Karussell fuhren, zog ich es vor, Lena zu folgen. Bald waren wir auf dem Baugelände am Fähranleger.

»Wohin wollen wir?«, fragte ich ergeben, als sie vor dem Haus von Tore und seiner Familie plötzlich stoppte.

Sie gab keine Antwort. Warf nur ihr Fahrrad in die Hecke und klingelte gnadenlos. Tore öffnete.

»Ich muss mir mal dein Luftgewehr ausleihen«, sagte Lena. »Du kriegst es morgen in der Schule wieder.«

Tore kniff die Lippen zusammen und schaute an ihr vorbei in die Ferne. Wieder kam mir der Gedanke, dass er Angst vor ihr haben könnte.

Als wir auf dem Rad nach Hause fuhren, hatte Lena das Gewehr geschultert.

Lena schießt Papa mit dem Luftgewehr in den Po

»Hallo, ich rede mit dir!«, sagte Lena. »Bist du taub im Gehirn, oder was?«

»Hä?«

»Ich habe dich gefragt: Kannst du Reidars Wanderdecke holen, damit wir uns mit ihr tarnen können?«

»Man kann einen Fuchs nicht mit einem Luftgewehr erschießen«, sagte ich irritiert.

Lena hatte gar nicht daran gedacht, ihn zu töten. Sie wollte ihn erschrecken. Der Fuchs sollte nicht weiter hier herumspazieren und unschuldigen Hühnern nach dem Leben trachten, die nie etwas anderes getan hatten, als Eier zu legen oder auf dem Skateboard zu fahren, wie sie erklärte.

»Wenn das Luftgewehr knallt, dann kapiert er das.«

»Lena, ich glaube nicht …«

»Gehst du jetzt endlich mal!«, brüllte sie.

Es hatte angefangen zu regnen, aber Lena bastelte aus einer Plane hinter der Scheunenecke ein kleines Schutzzelt. Als ich mit der Wanderdecke kam, saß sie breitbeinig und voll konzentriert auf einem Campingstuhl, mit Tarnfarben im Gesicht. Quer auf ihrem Schoß lag das Gewehr, und neben ihr stapelten sich auf einem kleinen Tisch diverse Brotscheiben mit Schoko-Nuss-Creme, daneben lag ein Fernglas. Sie sah vollkommen bescheuert aus. Normalerweise hätte ich laut losgelacht, aber nicht an diesem Tag.

Ich setzte mich neben sie und legte uns die grünbraune Decke über die Beine. Keiner von uns sagte ein Wort. Wir starrten nur finster zum Hühnergehege hinüber. Und plötzlich, wohl so nach einer halben Stunde, hörten wir Geräusche von dort. Lena hob das Luftgewehr und feuerte eine Reihe von Schüssen in die Richtung ab, in der sich etwas bewegt hatte.

»Au!!! Was um alles …!«

Ein großer Schatten erhob sich im Hühnergehege.

»Ach, du grüne Neune! Ich habe auf Reidar geschossen …«, flüsterte Lena.

»Lena? Trille?«

Wir rannten die dunklen Felder hinunter, dass der Schneematsch um uns herum nur so hochspritzte.

»Wir verstecken uns auf dem Boot«, keuchte Lena. »Da können wir von innen abschließen.«

Sie war bereits auf dem Weg hinunter zum Anleger in der Bucht, an dem die Troll zum ersten Mal nach dem Orkan wieder im Wasser lag. Wir stolperten an Bord und schlugen hinter uns die Kajütentür zu.

Einen Moment lang blieben wir ganz still in der Dunkelheit stehen und lauschten. Mehrere Male hörten wir die wütenden Rufe von Papa, dann war alles still. Müde kroch ich in eine Koje ganz hinten im Boot. Die Gerüche und Geräusche hier drinnen erinnerten mich an den Sommer und Opa, an das Meer und friedliche Tage. Das war wie eine Rückkehr in ein altes Land, das wir verlassen hatten. Todmüde kauerte ich mich hin.

Ich hörte, wie Lena in den Schränken herumwühlte, und bald kam sie in der Dunkelheit zu mir, mit ein paar Keksen in der Hand.

»Deren Haltbarkeitsdatum ist bestimmt schon abgelaufen, bevor wir geboren wurden«, murmelte sie und stopfte sich einen in den Mund. »Gibt es Decken hier?«

Ich dachte daran, wie oft Lena und ich schon so nebeneinander gehockt und uns über alles Mögliche unterhalten hatten. Jetzt waren wir beide ganz still. Wir lauschten dem Gluckern des Wassers unter dem Boot und waren in unsere eigenen Gedanken versunken, während die Dunkelheit langsam alles in sich aufnahm, was noch vom Tag übrig war.

»Nein, jetzt muss ich aber gehen«, sagte Lena schließlich mit klappernden Zähnen. »Ich kann es mir mitten in der Saisonvorbereitung nicht leisten, mir eine Blasenentzündung zu holen.«

Sie machte das Luftgewehr bereit und öffnete die Kajütentür. Wollte sie noch einmal auf Papa schießen?

»Ich bleibe noch ein bisschen hier«, murmelte ich.

Vielleicht schaffte ich es ja, mir eine Blasenentzündung zu holen?, dachte ich hoffnungsvoll und wickelte mich in die Decke, die Lena bereits vorgewärmt hatte.

Und während der Regen draußen aufs Deck trommelte und die Wellen gegen die Bootsseite schlugen, schlief ich ein.

Opa, das Meer und ich

Natürlich hätte ich empört sein können, dass sowohl Mama als auch Papa erst am nächsten Tag bemerkten, dass ich nicht da war. Aber schließlich ist die Familie Danielsen Yttergård ziemlich groß. Und Papa tat der Po weh, und Inger hatte den ganzen Abend geschrien. Und Mama und Papa dachten jeder, der andere hätte mir Gute Nacht gesagt.

Doch das war nicht so. Denn ich lag in Opas Boot, mit einer Wolldecke über dem Kopf, und schlief. Als ich aufwachte, schaukelte die Troll auf eine andere Art und Weise, und der Motor tuckerte. Verwirrt setzte ich mich auf. Graues Morgenlicht sickerte durch die Scheibe der Kajütentür herein, und ich konnte das Blau von Opas Overall da draußen erahnen. War es schon Morgen? Opa telefonierte. Seine Stimme hatte mich geweckt. Er hielt das Handy immer etwas weg vom Kopf, wie einen Krebs, der ihn ins Ohr beißen könnte.

»Hä?«, brüllte er jetzt. »Nein, Trille ist nicht an Bord …«

Ich wollte schon herauskommen und ihn korrigieren, aber Opa hatte es eilig.

»Die halbe Schnur ist im Wasser, Reidar, ich habe jetzt keine Zeit. Ruf wieder an, wenn ihr ihn nicht findet.«

Dann legte er auf und warf das Handy, ohne hinter sich zu sehen, in die Kajüte. Es landete direkt neben mir. In dem Moment spürte ich einen Kloß im Bauch. Ich erinnerte mich an Birgittes Blick, als Opa das Huhn getötet hatte. Und das höhnische Naserümpfen von Kai-Tommy. Allein der Gedanke, ich müsste zur

Schule gehen, führte dazu, dass sich mir der Magen umdrehte. Mit steifen Fingern nahm ich Opas Telefon und schrieb Papa: »Bin im Boot. Tut mir leid, dass du angeschossen worden bist.«

Dann schaltete ich es aus und ließ mich zurück auf die Decke fallen. Ich war ein Nichts. Ich sah vor mir, wie Papa platzte, als er die Nachricht las, merkte aber zu meiner eigenen Verwunderung, dass mir das ganz gleich war. Sollten sie doch schimpfen. Ich konnte nicht mehr. Das Motorengeräusch der Troll vermischte sich mit meinen hämmernden Herzschlägen. Ruhig zog ich die Decke über mich und schlief wieder ein. Ich mochte nicht einmal mehr an irgendetwas denken.

≈

Es waren wohl mehrere Stunden vergangen, als ich plötzlich aufwachte. Jemand schrie! Ich habe schon viele Schreie in meinem Leben gehört. Lena schreit häufig, und der Rest meiner Familie ist auch nicht schlecht darin. Aber Opa habe ich noch nie schreien hören. Deshalb wusste ich nicht gleich, was ich da eigentlich hörte. Und als ich es verstand, hatte ich das Gefühl, eine Geröll-Lawine rase durch meinen Körper.

Ich riss die Decke zur Seite und sprang zur Kajütentür. Der graue Tag blendete mich. Das Deck war voller Fischblut und Opa hing über der Leinenwinde. Dann schrie er wieder auf. Und da sah ich es: Seine Hand saß fest, und das Blut auf dem Deck hatte nichts mit Fischen zu tun.

»Opa!«, schrie ich.

Ich sah, wie er zusammenfuhr, als er meine Stimme hörte.

»Trille?«

Er konnte sich nicht umdrehen. Ich griff nach vorn und stellte die Leinenwinde ab.

»Das Messer«, brachte Opa stöhnend hervor. »Auf dem Deck … Du musst … die Leine kappen.«

Das Messer, das Messer. Wo war es? Meine Hände tasteten in Opas Blut und Regenwasser. Schließlich fand ich es, im Schatten der Fischtonne.

»Ich hab es!«, rief ich.

Opa antwortete nicht. Ich hatte Angst, er könnte in Ohnmacht gefallen sein, aber er nickte nur zur Leine hin. Sie war stramm gezogen, tief ins Wasser. Jemand zerrte mit Riesenkräften von da unten an ihr.

Und als ich an die Reling trat, sah ich etwas, was ich nie wieder vergessen werde: Neben dem Boot lag ein Monster. Ein weißer Bauch, fast so lang wie die Troll, leuchtete mir aus dem Wasser entgegen. Der Heilbutt wand sich. Er hing immer noch am Haken und benutzte seine Riesenkräfte, um loszukommen. Das ganze Boot erzitterte.

»Opa …«, flüsterte ich.

Der gigantische Fisch zog und zerrte, um zurück in die Dunkelheit zu kommen. Gab es tatsächlich so große Wesen da unten?

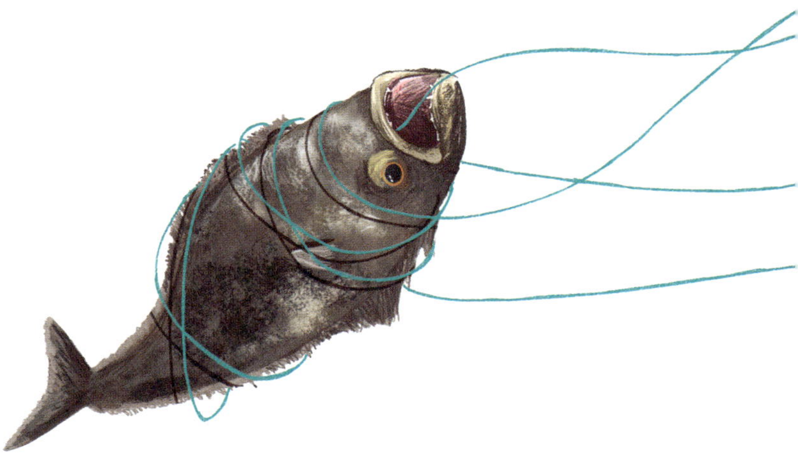

Ich drehte mich zu Opa um. Er war ganz grau im Gesicht, nickte mir nur noch einmal kurz zu.

Dann hieb ich mit dem Messer die Leine durch. Alle Spannung verflog. Der schöne, riesige Fisch verschwand in der Tiefe, und Opa sank auf dem Deck zusammen.

Die Heldentat

Bis zu diesem Tag war alles nur ein Spiel gewesen. Ganz gleich, was ich auch angestellt hatte, es gab immer einen Erwachsenen, der das in Ordnung brachte. Aber an diesem Tag an Bord der Troll lag der einzige Erwachsene leblos auf Deck. Rund um uns war zu allen Seiten nur unruhige See. Ich hätte mir die Seele aus dem Leib brüllen können, niemand hätte mich gehört. Es gab nur mich, Trille Danielsen Yttergård, und das Meer.

Ich weiß nicht, wie lange ich reglos mit dem Messer in der Hand dagestanden hatte. Aber zum Schluss war es der innere Trille, der mir einen Tritt in den Hintern gab. Ich musste Opa an Land bringen!

Schnell riss ich mir Pullover und T-Shirt runter und wickelte das weiße Shirt um Opas verletzten Arm. Dann stürmte ich in die Kajüte und fand ein altes Laken, das ich drum herumwickelte. Schließlich sah sein Arm aus wie ein Ball. Opa in die Kajüte zu schleppen, versuchte ich gar nicht erst. Stattdessen holte ich alle Decken heraus und legte zwei unter ihn und zwei über ihn. Als ich die letzte Decke öffnete, rutschte plötzlich das ausgeschaltete Handy heraus aufs Deck und weiter unter der Reling hindurch und verschwand mit einem Plopp im Wasser.

»Nein!«, rief ich erschrocken. Ich lief zur Reling und sah nur noch Luftblasen dort, wo das Telefon verschwunden war.

Die Troll tanzte in den grauen Meereswellen. In unendlicher Ferne lag das Land, eingehüllt in Wolkenbäusche und Regenschauer. Nirgends war ein anderes Boot zu sehen.

Ich biss die Zähne zusammen und stellte den Motor an. Es hatte keinen Sinn, nach Knert-Mathilde zurückzufahren. Es war kürzer in die Stadt, wo es auch ein Krankenhaus gab.

≈

Tausend Millionen Mal war ich zusammen mit Opa an Bord der Troll gewesen, aber er hatte mir nie gezeigt, wie man einen Notruf über Funk absetzt. Warum hatte er das nie gemacht? Und warum hatte er keinen Totmannknopf an seiner Leinenwinde? Warum hatte er nicht einmal eine Rettungsweste an? Ich schlug mit der Faust aufs Ruder.

»Opa, das Funkgerät. Wie geht das?«, rief ich.

Er gab nur stöhnend ein paar Worte von sich, aber sie ergaben keinen Sinn. Der Ball um seinen Arm wurde langsam rot.

Die See wurde rauer. Die ganze Zeit musste ich den Kurs justieren. Ich war vollkommen durchnässt vom Regen, aber zumindest fand ich für Opa in der Kajüte eine Öljacke. Hastig breitete ich sie über den Decken aus. Als ich fertig war, lag Opa wie eine gelbe Mumie da. Nur das Gesicht war noch zu sehen, trotzdem zitterte er. Ich legte mein Ohr an seinen Mund. Er flüsterte etwas. Ich versuchte, noch näher heranzukommen.

»Inger«, sagte er, dann schien er irgendwie wegzugleiten.

Da fing ich an zu weinen. Warum hatte er Omas Namen gesagt? Lag er im Sterben? Erkannte er mich nicht?

»Ich bin hier, Opa«, weinte ich. »Ich bin hier.«

TROLL

Und dann musste ich zurück ans Ruder. In mir hämmerte wieder und wieder ein flehentliches Gebet: Mach, dass Opa leben will. Mach, dass Opa bei mir sein will. Mach, dass Opa aufwacht. Mach, dass Opa gesund wird. Mach, dass er mit mir zusammen sein will.

Ab und zu tauchte die Stadt in der Ferne zwischen den Nebelschwaden auf – immer näher kam die Küste, aber während der ganzen Fahrt begegnete uns kein einziges Schiff. Niemand konnte mir helfen.

Die Troll stampfte gegen die Wellen an, Opa keuchte und blutete, und ich betete und heulte.

Ach, hätte ich nur ein paar der zusätzlichen Pferdestärken gehabt, von denen Lena gesprochen hatte! Es ging so langsam voran, dass es schon wehtat.

≈

Was er wohl dachte, der sonnengebräunte Mann auf dem weißen Segelboot, der uns als Erster entdeckte, das kann ich nicht sagen. Wahrscheinlich dachte er zuerst an sein eigenes Boot. Denn hier kam ein Fischerboot in den Hafen hineingeprescht mit einem vor Angst halb wahnsinnigen Jungen als einzigem Skipper.

»Hilfe!«, rief ich und wedelte mit den Armen. »Rufen Sie einen Krankenwagen! Mein Opa ist verletzt!«

Und dann tat ich das, worauf mein Opa später besonders stolz war. Ich legte am Kai an. Ich beschädigte kein einziges Segelboot. Und auch die Troll bekam nicht einmal eine Schramme ab. Das übertraf wahrscheinlich alles, was ich an diesem Tag schon geschafft hatte.

»Die alte Troll ist beim Anlegen nicht so einfach zu manövrieren, weißt du«, erklärte Opa später, als hätte mich das zum Helden des Tages gemacht.

»Reines Glück«, beurteilte Lena dagegen wie ich die Troll ohne Hilfe am Hafen angelegt hatte. »Reines, verdammtes Anfängerglück.«

Teil 4

Schneeschmelze

Nach dem Unfall

Schon merkwürdig, plötzlich jemand anders zu sein. Ich war nicht mehr der Tollpatsch von Knert-Mathilde. Jetzt war ich derjenige, der seinem Großvater das Leben gerettet hatte.

Magnus lachte nicht mehr über mich, Mama fing an zu weinen, wenn sie mich nur sah, und in dem Laden grüßten die alten Männer mich, als wäre ich ein erwachsener Mann.

»Ich fand ja schon immer, dass in Klein-Lars ein guter Kern steckt«, hörte ich Polter-Kåre lauthals Pitt gegenüber verkünden, als ich vorbeiging.

Es stand sogar was über mich in der Zeitung.

Aber ich denke, erst als Papa das sagte, glaubte ich selbst, dass ich eine gute Tat vollbracht hatte. An dem Sonntag nach dem Unfall lud er Onkel Tor und alle aus dem Nachbarhaus zum Essen ein. Ich half ihm in der Küche, wo er das Essen kochte. Papa rührte in dem Topf mit Hühnerfrikassee und wirbelte mit einem viel zu kleinen Handtuch vor dem Bauch herum.

»Trille«, sagte er plötzlich und nickte zum Meer hin. »Was du für Opa getan hast …«

Ich schaute überrascht auf. Papa lobt mich eigentlich nie. Aber jetzt schaute er mir direkt ins Gesicht und suchte nach den passenden Worten.

»Ich war schon immer stolz auf dich, aber das da … Du bist ein guter Junge, Trille.«

»Findest du?«, fragte ich verwundert.

Papa nickte und rührte im Topf, ohne mehr zu sagen. Ich schwebte fast zum Küchentisch, um die Servietten zu verteilen. Ohne nachzudenken, deckte ich auch für Opa.

Der war inzwischen vom Krankenhaus in ein Pflegeheim verlegt worden. Nach dem Frühstück hatte ich ihn dort besucht. Der große Blutverlust hatte ihn schwach und klapprig gemacht, und der Arm würde nie wieder so funktionieren wie früher. Als ich kam, schlief er. Solange ich mich erinnern kann, hat Opa auf mich aufgepasst. Zusammen mit ihm war ich sicher und geborgen wie ein Möwenküken. Nun hatte ich fast das Gefühl, ich müsste ab jetzt auf ihn aufpassen. Ich setzte mich leise auf den Stuhl neben dem Bett. Nach einer Weile wachte er auf. Er lächelte ein wenig.

»Und du hast die Troll allein an den Kai gelegt, du Großer.«

Dann war er wieder eingeschlafen.

Und jetzt stand ich hier in der Küche und deckte aus alter Gewohnheit auch für ihn. Und dabei beließ ich es. Schließlich war er ja nicht tot. Ich schaute über den Tisch. An jedem Ende funkelten die Flaschen mit dem Johannisbeersaft in der Februarsonne, und mitten auf dem Tisch ringelte sich aus dem größten Topf, den wir hatten, der Dampf hoch bis an die Decke. Papa und ich sahen einander stolz an.

»Ich möchte gern auf Nummer 7 anstoßen«, räusperte Lena sich, als alle am Tisch saßen. »Das Formel-1-Huhn in Knert-Mathilde, das leider viel zu jung sterben musste …«

»Na, so jung war es nicht mehr«, murmelte Papa, aber auch er hob sein Glas.

»Und auf Trille«, sagte Minda. »Der jüngste Lebensretter der Welt.«

Dann aßen wir Hühnerfrikassee, und es schmeckte genau so, als hätte Oma es gekocht. Und sicher auch so, wie sie es bei ihren Eltern draußen auf Kobbholmen serviert bekommen hatte. Ach, ich wünschte mir so sehr, Birgitte wäre auch dabei und hätte sehen können, wie es hier zuging. Wie sollte ich ihr erklären, dass das nicht nur irgendein totes Huhn war? Und hatte sie von Opas Unfall gehört? Ich musste unbedingt endlich hoch auf die Bakkane.

»Können wir eine Portion mit ins Pflegeheim nehmen?«, fragte Lena, nachdem wir den Nachtisch gegessen hatten und sich die Runde langsam auflösen wollte. »Trotz allem war es ja Lars, der Teile dieses Essens erwürgt hat.«

Papa erklärte, genau das hätte er sich auch überlegt, und schaufelte die Reste in eine riesige Plastikdose.

Oben auf dem Hauptweg befestigte ich die Dose auf Lenas Gepäckträger.»Fahr du zu ihm«, sagte ich. »Ich war heute schon dort.«

Lena runzelte die Stirn und wollte etwas sagen, aber ich war bereits auf dem Weg den Hang hinauf.

So kam es, dass wir an diesem Abend jeder für uns fuhren. Lena zum Pflegeheim, und ich trat in die Pedale, um hoch auf die Bakkane zu Birgitte zu kommen. Und so sollte es in den nächsten Monaten häufiger sein.

Denn jetzt brach der Frühling aus. Gelbe Löwenzahnblüten platzten wie Sterne am Grabenrand auf. Das Meer glitzerte und auf einem Abhang auf halbem Weg zu den Bakkane hinaus leuchteten sogar ein paar Buschwindröschen in dem gelben Vorjahresgras. Von Tag zu Tag konnte ich feststellen, dass es immer mehr wurden, denn ich besuchte Birgitte und ihre Familie so gut wie jeden Tag. Fast gewöhnte ich mich an dieses vegetarische Essen. Nach dem Unfall konnte ich endlich wieder ganz normal mit ihr reden. Und nachdem ein wenig Zeit vergangen war, war sogar die Sache mit dem Huhn vergessen.

Auch in der Schule hatten sich die Dinge verändert. Am Tag nach der Rettungsaktion war ich wieder in die Gummistiefel geschlüpft. Was machte es schon, wenn das blöd aussah? Ich hatte keine Lust mehr, dauernd nasse Füße zu haben. Auf jeden Fall war es mir gleich, was Kai-Tommy dazu zu sagen hatte. Sollte er doch nur höhnisch grinsen.

Irgendwie lief überall alles plötzlich viel einfacher, abgesehen von einem Ort: daheim in Knert-Mathilde.

Ich weiß selbst nicht genau, was ich erwartet hatte, als Opa endlich nach Hause kam, aber ich hatte schon vor mir gesehen, wie ich unten in seiner Wohnung saß und mit ihm über das sprach, was passiert war, den Kopf über den riesigen Heilbutt und die dramatischen Stunden schüttelnd. Zumindest dachte

ich, er würde mich mit warmem Blick anschauen und mir danken, so wie Papa es getan hatte. Aber Opa sagte gar nichts. Als wäre die ganze Sache mit dem Heilbutt und der Leinenwinde nicht passiert. Stattdessen lief er wie ein Schatten herum, den Arm an den Körper gepresst und den Kopf gesenkt, wie ich es noch nie gesehen hatte. War er wütend?

An dem Tag, als die Sonne zum ersten Mal richtig warm schien, fragte ich ihn, ob er nicht mit mir hinunter in den Bootsschuppen wolle. Schnell fuhr er sich mit der Hand übers Gesicht und murmelte etwas in der Richtung, dass er noch nicht so weit sei.

»Vielleicht an einem anderen Tag«, fügte er hinzu, ohne meinem Blick zu begegnen.

»Okay«, sagte ich und versuchte, mir meine Enttäuschung nicht anmerken zu lassen.

Dann fragte ich an einem anderen Tag wieder, bekam aber von Opa die gleiche Antwort. Eine merkwürdige Leere war im Bauch zu spüren. Warum wollte er nicht mit mir zusammen sein?

Lena rannte uns nicht mehr die Türen ein. Anfangs fand ich das gar nicht so schlecht, aber eigentlich machte es mich traurig. Die ganze Zeit war sie nur mit ihrem blöden Fußballtraining beschäftigt, und wenn wir uns trafen, dann war sie still, wortkarg und überhaupt nicht so wie früher.

Und dann, eines frühen Samstagmorgens, ein paar Wochen nachdem Opa nach Hause gekommen war, wurde die ganze Sache noch einmal doppelt so schwer. Von meinem Zimmerfenster aus sah ich Opa und Lena zusammen hinunter zum Bootsschuppen gehen. Zum ersten Mal seit dem Unfall trug er seinen Overall und Lena hatte den Werkzeugkasten in der Hand. Voller Wut spürte ich, wie die Tränen auf meine Augen drückten. Warum fragten sie mich nicht, ob ich mitkommen wolle? Ich schluckte schwer und wandte mich vom Fenster ab. Und schnell war ich auf dem Weg hoch zu den Bakkane. Das hatten sie nun davon!

Danach fragte ich Opa nie wieder, ob er mit mir in den Bootsschuppen gehen wolle. Aber verzweifelt musste ich feststellen, dass an vielen der Tage, an denen ich oben auf den Bakkane oder woanders gewesen war, die beiden ohne mich hinuntergegangen waren.

Die Rumba-Katastrophe

»Wie schön, dass ihr das organisiert, nachdem wir zu Weihnachten keine Chance hatten!«, erklärte Ylva fröhlich.

Inzwischen war es Mai, und irgendeine total durchgedrehte Person an der Schule, sicher der Musiklehrer, war auf die Idee gekommen, dass die Musikschulschüler unserer Klasse unsere Eltern auf einem Klassenfest unterhalten sollten. Ich wurde wirklich ungewöhnlich wütend, als Rognstad uns das erzählte. Ich dachte gar nicht daran, noch einmal so einen Übungsmarathon zu starten wie vor Weihnachten.

»Ich spiele ›Für Elise‹ oder gar nichts«, hatte ich erklärt und verwundert bemerkt, dass es möglich war, energisch meine Meinung zu sagen.

Ylva, der in diesen ersten Monaten mit einem Baby im Bauch häufig übel und unwohl gewesen war, saß strahlend neben mir. Lena hat die hübscheste Mutter von allen, die ich kenne, das hatte ich schon immer gedacht. Sie hat lange schwarze Haare und eine kleine Silberkugel in der Nase. Und jetzt sah sie hübscher aus denn je. Ein Strahlen ging von ihr aus. An einer Hand hielt sie Isak. Die andere lag auf ihrem Bauch, auf der Babykugel. Ich schaute kurz zu Lena hinüber. Finster starrte sie vor sich hin. Ich wusste, dass sie geübt hatte. Das Hämmern der Keyboard-Rhythmen hatte ich in der letzten Woche häufig durch die Häuserwände hindurch gehört. Die Frage war nur, ob das geholfen hatte.

Die Schulaula war halbdunkel und voll mit Eltern und Geschwistern. Ich war fertig mit »Für Elise« und Krølla hatte stürmisch geklatscht. Jetzt war Lena an der Reihe. Sie hatte sich ein Kleid angezogen, das hatte sie nicht mehr seit Ylvas und Isaks Hochzeit, und die Haare waren nach allen Regeln der Kunst geflochten. Zum ersten Mal fiel mir auf, dass sie Ylva ähnlich sah.

Und dann drehte meine Nachbarin da oben auf der Bühne die Lautstärke maximal auf und fing an mit irgendwelchen verrückten Rumba-Rhythmen. Es war offensichtlich, dass sie plante, mit Pauken und Trompeten unterzugehen. Sie spielte unverdrossen das ganze Stück in einer bestimmten Weise, mit vielen Unterbrechungen und falschen Tönen, und ich konnte sehen, wie sie jede einzelne Note hasste. Als sie fertig war, verließ sie augenblicklich die Bühne und setzte sich neben Andreas, nicht zu uns. Ich schaute vorsichtig zu Ylva. Sie versuchte, Lena zu sich zu winken, doch das nützte nichts. Meine Nachbarin saß da und starrte wütend auf ihre Schuhe, während Birgitte mit einer Art Jazzstück brillierte, dass den meisten der Mund offen stehen blieb.

Nach dem Konzert standen wir auf dem Parkplatz und warteten auf unsere Eltern.

»War doch gar nicht so schlecht«, sagte ich.

Lena zupfte an ihrem Kleid herum und schaute mich böse an.

»Morgen haben wir ein Spiel. Um zwei Uhr. Kommst du und guckst zu oder nicht?«, fragte sie, fast drohend.

»Das erste Spiel in der Stadt?«, fragte ich.

Sie nickte. Es war lange her, seit ich Lena im Fußballtor hatte stehen sehen. Und es war lange her, dass sie mich etwas gefragt hatte. Ich war verblüfft und froh auf eine überraschende Art und Weise. »Ja«, wollte ich gerade antworten, als Birgitte plötzlich auftauchte.

»Hei«, sagte sie. »Ich habe morgen Geburtstag. Habt ihr Lust, so um drei Uhr zu mir zu kommen?«

»Äh … ja klar«, sagte ich.

Lena sah mich ungefähr so an wie damals, als ich unser geheimes Floßprojekt verraten hatte.

»Du auch, Lena?«, fragte Birgitte.

Es kam nicht ein Wort als Antwort. Lena drehte sich nur um und ging davon. Da merkte ich, wie die Wut in mir aufstieg. Jetzt war es aber genug. Ich lief ihr hinterher.

»Was ist dein Problem, Lena?«

Sie antwortete nicht, also fragte ich weiter. »Meinst du, ich sollte auf eine Geburtstagsfeier verzichten, nur für ein ganz normales Fußballspiel?«

Lena blieb stehen.

»Ist mir doch egal, was du machst! Das ist dein Leben!«, erwiderte sie.

»Ja, genau so ist es!«, rief ich. »Und ich bin es verdammt noch mal leid, dass du die ganze Zeit so schlecht gelaunt bist.«

»Schlecht gelaunt?«, wiederholte Lena ungläubig. »Ich will dir mal eins sagen, Trille Danielsen Yttergård: Es ist besser, schlecht gelaunt zu sein, als sich wie ein Idiot zu benehmen.«

Sie warf ihr Keyboard-Notenheft in den Straßengraben, dass der Matsch aufspritzte, und rannte nach Hause.

»Kai-Tommy hat doch recht«, brüllte ich ihr hinterher. »Du hast ein ernstes Problem mit deinem Temperament!«

≈

Daheim ging ich sofort hoch in mein Zimmer. Ich kochte vor Wut. Einen Moment lang überlegte ich, hinunter in den Bootsschuppen zu Opa zu gehen. Aber dann sah ich, dass Lena bereits dort war. Und das machte mich noch wütender. Was hatten die beiden die ganze Zeit miteinander zu schaffen? Konnte sie sich nicht selbst einen Großvater besorgen? Mein Blick fiel auf die Keksdose mit der zerbrochenen Flasche. Wütend riss ich sie vom Regal und kippte den Inhalt in den Mülleimer im Klo aus.

Mein Boot ist so klein

In der Scheune hatte Birgittes Familie eine lange Tafel gedeckt. Die Wände waren mit Papierlampions geschmückt und überall standen kleine Sträuße mit Frühlingsblumen. Der Tisch bog sich von den bunten Leckereien, es gab nicht Würstchen und Brot, wie wir es gewohnt waren. Ich hatte das Gefühl, in einem Film zu sein. Alle Jungs aus unserer Klasse verhielten sich höflich und fast erwachsen.

Birgitte trug ein hellblaues Kleid und eine Kette mit glänzenden Holzkugeln. Ihr Haar legte sich weich in Wellen über mein Gesicht, als sie mich zur Begrüßung fest umarmte.

»Herzlichen Glückwunsch zum Geburtstag«, murmelte ich etwas verwirrt. »Eine hübsche Kette.«

»Die habe ich von Kisha bekommen.«

Birgitte legte glücklich eine Hand auf die Holzperlen.

»Sie hat sie mir zum Geburtstag geschickt.«

Hinter mir kamen Andreas und Abdulahi. Auch sie wurden von Birgitte in den Arm genommen. Kai-Tommy stand bereits auf der Scheunenauffahrt und unterhielt sich selbstsicher mit dem Schriftstellervater. Er trug so ein Hemd, wie sein Bruder Weihnachten angehabt hatte.

»W-wo ist Lena?«, fragte Andreas.

Nervös schaute er über ein Tablett mit gefüllten Champignons.

»Sie hat heute ein Spiel in der Stadt«, murmelte ich.

Allein der Gedanke an Lena ließ die Wut wieder in mir aufsteigen.

Im Augenwinkel bemerkte ich, dass Birgitte sich auf die unterste Treppenstufe gesetzt hatte und sich mit Kai-Tommy unterhielt. Lange saßen die beiden da. Sie lachte mehrere Male. Ich schaffte es, eine ganze Menge von diesen Champignons zu essen, bis die beiden endlich aufstanden. Plötzlich hatte ich nur noch den Wunsch, nach Hause zu gehen. Dieses ganze Gerede und die vielen Leute – ich hielt es nicht mehr aus. Birgitte erklärte ich schnell, dass ich Kopfschmerzen hätte, und lief dann die Hügel hinunter.

Unten in der Buschwindröschenkurve blieb ich stehen und schaute über den Fjord. Er lag glänzend hellblau in der Nachmittagssonne. Ein kleines Plastikboot war auf dem Weg hinaus aufs Meer. »Mein Boot ist so klein und das Meer ist so groß.« Das hatten wir in der Sonntagsschule gesungen. Ich verfolgte mit meinem Blick das Boot und die einsame Spur im Wasser hinter ihm. Genauso fühlte ich mich.

In meinem Zimmer legte ich mich aufs Bett und schaute

das Bild an, das ich zu Weihnachten bekommen hatte. Birgittes Hände hatten Kobbholmen und die Troll in den schönsten Sommerfarben gemalt. Woran hatte ich eigentlich früher gedacht? Bevor Birgitte mit ihren Locken hier aufgetaucht war?

Ich weiß nicht, wie lange ich so dagelegen habe, bis es an meiner Tür klopfte.

»Trille?«

Mama steckte den Kopf herein.

»Ylva ist unten. Sie fragt, ob du vielleicht weißt, wo Lena ist.«

»Ist sie denn nicht bei dem Fußballspiel?«, fragte ich zurück.

Nein, das Spiel war schon vor Stunden zu Ende gewesen. Den ganzen Tag war Lena nicht gesehen worden.

Ich ging mit hinunter in die Küche.

»Warst du denn nicht mit zum Spiel?«, fragte ich und schaute Ylva an, die eine Nachricht auf ihrem Handy las.

»Nein, ich schaffe das nicht, Trille. Mir ist dauernd so übel, und …«

»Und Isak?«, fragte Mama und wippte ein wenig auf und ab, um Inger zur Ruhe zu bringen.

»Isak hat heute Dienst. Und ihn kann ich auch nicht erreichen«, erklärte Ylva.

Etwas zog sich mir in der Brust zusammen.

»Dann war keiner mit und hat das Spiel angeguckt?«

Ylva sah mich verzweifelt an, und mir war klar, dass sich auch in ihrer Brust etwas zusammenzog. Lenas erstes Spiel, und keiner war gekommen, um sie anzufeuern.

»Ich frage Opa mal«, sagte ich und ging hinaus.

Auf was für dumme Gedanken war Lena jetzt wieder gekommen? War ihr nicht klar, dass die Leute es leid waren, wenn sich die ganze Zeit alles nur um Fußball drehte? Sie hatte Birgitte ja nicht einmal auf die Einladung zu ihrer Geburtstagsfeier geantwortet. Genau genommen war sie eine richtige Egoistin, dachte ich streng und schob die Hände in die Taschen, während ich mit großen Schritten hinunterlief.

Opa stand in der schmalen Tür in der Rückwand des alten Bootsschuppens. Ich schaute ihm über die Schulter. Da drinnen lag jede Menge Gerümpel, und mir kam der Gedanke, dass Lena vielleicht den ganzen Frühling über Strandgut für ein neues Floß gesammelt haben könnte.

»Hast du Lena gesehen?«, fragte ich.

»Nein …«

Ich erklärte ihm, was Mama gesagt hatte. Im Augenwinkel sah ich, wie Isaks Auto oben vor dem Haus vorfuhr. Opa kratzte sich am Kopf.

»Dann war es also Lena, die es genommen hat«, sagte er. »Aber wie zum Teufel hat sie das nur geschafft?«

Er ging hinein in das alte Bootshaus.

»Was geschafft?«

»Das Boot ist weg«, sagte Opa.

Was meinte er? Die Troll und auch Papas blaues Plastikboot lagen am Anleger unten in der Bucht und waren alles andere als weg.

»Was für ein Boot?«

Opa schaute mich nur kurz an.

»Dein Boot.«

»Ich habe kein Boot, Opa«, sagte ich leise.

War er deshalb in letzter Zeit so merkwürdig gewesen? Fing er an, alles durcheinanderzubringen?

»Opa, ich habe kein Boot«, wiederholte ich verzweifelt.

Opa wandte sich mir zu.

»Nein, du hast kein Boot, Trille, aber du solltest eins kriegen.«

Nachdenklich trommelte er auf der Schuppenwand.

»Lena und ich, wir haben den alten silbernen Viking für dich instand gesetzt, hier in dem alten Bootsschuppen. Das sollte eine Überraschung für dich zum Geburtstag sein.«

Wie bitte? Opa schob die Schuppentüren zur Seeseite auf.

»Wir fanden, es wäre an der Zeit, dass du ein eigenes Boot bekommst, Lena und ich. Das hast du verdient, nachdem … Nun ja, du weißt schon.«

Er klopfte sich leicht auf den verletzten Arm und sah mich betreten an.

Ein Boot für mich? Von Opa und Lena? All die Stunden, die sie gemeinsam hier im alten Bootsschuppen verbracht hatten – die hatten sie dafür genutzt? Sie hatten ein Boot fertig gemacht? Für mich?

Erschrocken starrte ich die Bootsrampe hinunter. Es war deutlich zu sehen, dass jemand ein Boot zu Wasser gelassen hatte. Die Rundhölzer lagen noch da, den ganzen Weg hinunter bis zum Wasser. Ich wusste, wie stark Lena sein konnte, wenn sie wütend oder traurig war. Aber hier musste sie Riesenkräfte aufgewandt haben.

»Opa, wir müssen sie finden!«, rief ich.

In dem Moment kam Isak den Abhang heruntergelaufen.

»Wisst ihr, wo sie ist?«

Ein ungewohntes Zittern war in der sonst so ruhigen Stimme zu hören.

»Nein, aber das werden wir bald herausfinden«, antwortete Opa. »Hol deine Rettungsweste, Trille, dann …«

Er holte einmal extratief Luft.

»… dann starten wir die Troll.«

Ein Papa ruft

Als ich an Deck stand und zusah, wie Opa das erste Mal seit dem Unfall den Motorschlüssel drehte, hielt ich die Luft an. Die Troll hustete und schüttelte sich einige Male unbeholfen, doch schon bald tuckerte der Motor auf seine altbekannte, vertraute Art und Weise. Isak löste die letzten Haltetaue und sprang an Bord, dann waren wir auf See. Anfangs stand Opa da wie eine Salzsäule. Aber nach einer Weile schien das Motortuckern seine alten Bewegungen wieder hervorzuschütteln. Er checkte hier etwas, fummelte da, blinzelte nach vorn. Doch die meiste Zeit stand er nur da, die Hand ruhig am Ruder, und starrte mit seinen meerblauen Augen aufs Wasser.

Und plötzlich wurde mir klar, wie ruhig es in den letzten Monaten gewesen war. Ich lehnte mich gegen die Reling und spürte das Tuckern im ganzen Körper. Es schien, als wäre der Puls zurückgekommen. Isak spähte unruhig in alle Richtungen.

»Ich habe nach dem Spiel nicht mehr mit ihr reden können. Es kam ein Notruf …«

»Warst du beim Spiel dabei?«

Isak nickte. Er hatte fast alles mitgekriegt, nur kurz vor Schluss hatte er doch gehen müssen.

»Ich glaube nicht, dass Lena mich gesehen hat, ich musste hinten beim Einsatzwagen stehen, falls jemand anrief.«

Er schaute immer wieder in die Runde.

»War sie gut?«, fragte ich.

Isak sah mich an.

»Gut? Sie war absolut souverän, Trille. Ich hatte ja keine Ahnung, wie gut sie ist. Wusstest du das?«

Ich schluckte. Lena, Lena. Wo war sie?

Opa nahm Kurs aus dem Fjord hinaus. Weder Isak noch ich protestierten. Wir kannten Lena. Sie war nicht diejenige, die zur Stadt hinüberfuhr, wenn sie wütend war. Es sah ihr eher ähnlich, direkt aufs offene Meer hinauszusteuern.

»Wahrscheinlich ist sie auf dem Weg nach Kreta oder so«, meinte Opa und versuchte, uns zu einem Lächeln zu bringen.

Was ihm aber nicht gelang. Isak war ganz grau im Gesicht. So hatte ich ihn noch nie gesehen.

Lange Zeit fuhren wir, ohne etwas zu sagen.

»Bist du dir sicher, dass sie diese Richtung genommen hat?«, fragte Isak schließlich. Und jetzt war er so unruhig geworden, dass er nicht mehr stillstehen konnte.

Opa schüttelte den Kopf.

»Vielleicht sollten wir umkehren und woanders …«

Weiter kam Isak nicht. Wir sahen es alle drei gleichzeitig. Ein kleines Boot schaukelte im nachmittäglichen Meereswasser – strahlend weiß, mit frisch gestrichenen grünen Ruderbänken. Mein Boot. Leer.

≈

Wir sahen sie schon von Weitem. Vollkommen reglos stand sie auf dem alten Kai, hatte immer noch die Fußballschuhe und das Trikot der Mannschaft an. Das Haar hing ihr ins Gesicht, die

Fäuste waren geballt. Als wir nur noch einen Meter entfernt waren, sprang Isak an Land. In zwei Schritten war er bei ihr und hob sie wie eine Feder hoch. Zuerst passierte gar nichts, dann fing Lena an zu weinen. Sie weinte in einem fort, und Isak hielt sie wortlos in den Armen, bis sie sich beruhigt hatte.

Da stellte Opa den Motor aus und nickte zum Feuer hin.

»Grillst du Würstchen?«

Lena fuhr sich mit dem Ärmel über die Augen und nickte.

»Sind noch welche da?«

Noch einmal nickte Lena.

Soweit ich verstand, hatte sie eine Art Plan gehabt, nach Kobbholmen zu ziehen. Also hatte sie Lebensmittel und einen Schlafsack eingepackt. Das Boot hatte sie selbst wieder vom Ufer weggeschubst, wie sie erzählte, damit sie nicht in Versuchung geriet, gleich wieder nach Hause zu fahren.

»Aber warum willst du denn nicht nach Hause kommen?«, fragte Isak leise.

Lena gab keine Antwort. Sie stocherte nur in dem Lagerfeuer und war stumm wie ein toter Krebs.

»Lena?«

»Weil mich keiner mag«, brachte sie schließlich heraus.

Wir zuckten alle zusammen, Opa, Isak und auch ich. Es sollte niemanden geben, der sie mochte?

»Aber Lena …« Isak sah sie verzweifelt an. »Wie kannst du nur so etwas sagen?«

»Weil es stimmt«, murmelte Lena.

»Nein, das stimmt nicht«, sagte Isak.

Lena kippte eines der Holzstücke ins Feuer, dass es aufglühte und der Qualm zischend hochstieg.

»Es stimmt doch, ich bin nun mal nicht so, wie ihr mich gern hättet. Und dann kann ich doch gleich hier draußen bleiben.«

»Du bist genau so, wie du sein sollst …«, setzte Isak an.

Doch da wurde Lena wütend.

»Nein, das bin ich nicht«, widersprach sie. »Es gibt niemanden, der sich dafür interessiert, was ich kann. Aber Musik und Mathe und der ganze Mist, den ich nicht hinkriege, der scheint wahnsinnig wichtig zu sein.«

Sie stocherte wütend im Feuer herum.

»Verdammt, ich habe keine Lust mehr, als ein Keyboard spielender Weihnachtsbaum in Knert-Mathilde herumzulaufen.«

Isak wollte darauf etwas erwidern, doch bevor ihm das gelang, fing Lena wieder an zu weinen.

»Mama und du, ihr habt doch bei keinem einzigen Fußballspiel in meinem ganzen Leben zugeguckt, und Trille …«

Mehr sagte sie nicht.

Ich schaute sie unglücklich an. Isak legte den Arm um Lena und berichtete ihr, dass er beim Spiel gewesen war. Er hatte den Elfmeter gesehen, den sie gerettet hatte. Er hatte gehört, wie Lena die Mannschaft dirigierte und lenkte und in der Verteidigung für Ordnung sorgte, obwohl das doch ihr erstes Spiel dort gewesen war. Und er hatte gesehen, wie genau und schnell sie das Spiel zum Laufen gebracht hatte. Er hatte auch gehört, wie die anderen Mädchen, die schließlich zwei Jahre älter waren, sie gelobt und gefeiert hatten. Aber er hatte fünf Minuten vor Schluss gehen müssen, weil ein junger Mann auf der anderen Seite der Stadt einen Herzinfarkt erlitten hatte.

Lena fuhr sich mit der Hand über die Augen und schaute ihn ungläubig an.

»Du hast den Elfmeter gesehen?«, fragte sie atemlos.

Isak nickte.

»Hast du auch gesehen, wie sie versucht hat, es aussehen zu lassen, als wollte sie nach links schießen, ich mich aber trotzdem nach rechts geworfen habe, weil …«

»Ich habe es gesehen«, sagte Isak.

Lena richtete sich auf und bekam einen merkwürdigen Gesichtsausdruck.

»Aber Isak, hast du auch gesehen …«

»Ich habe alles gesehen«, sagte Isak lächelnd. »Und ich war der stolzeste Papa auf dem ganzen Spielfeld.«

≈

Auf dem Heimweg fingen wir das kleine weiße Boot ein und zogen es hinter uns her. Ich spürte Lenas Blick in meinem Rücken. Nicht ein einziges erbärmliches Wort hatte ich rausgebracht.

Als wir dann auf dem Weg hoch zu unseren Häusern waren und ich als Letzter unter den Ebereschen hochschlurfte, blieb sie stehen und wartete auf mich.

»Trille?«

Ich schluckte.

»Wollen wir morgen dein Boot ausprobieren?«

Ich nickte.

Ein paar ernste Worte und ein paar Makrelen

Das ist so merkwürdig mit Lena. Als wir am nächsten Morgen in aller Frühe mein Boot zu Wasser ließen, schien es, als hätte es niemals irgendein Problem gegeben.

»Ist das nicht ein tolles Boot, Trille? Lars hat den Außenbordmotor organisiert.«

Ich beugte mich darüber und zog an der Schnur. Er startete beim ersten Versuch. Es war ein supertolles Boot. Bald sausten wir hinaus aufs Meer. Aber irgendwie konnte ich mich nicht so richtig freuen. Ein dicker Klumpen wuchs in meinem Hals, wenn ich nur daran dachte, dass das mein Boot sein sollte. Ich hatte es nicht verdient.

Als ich den Motor ausstellte und Lena anfangen wollte zu angeln, holte ich tief Luft.

»Lena, entschuldige bitte, dass ich …«

Lena winkte nur mit der Hand ab.

»Entschuldige du mich, und den ganzen Kram.«

Ich musste lächeln, spürte aber, dass ich noch nicht fertig war. So einfach war es nun doch nicht.

»Es ist nur so, dass ich Lust habe, ab und zu auch mit anderen zusammen zu sein«, setzte ich an.

Lena seufzte.

»Das ist doch ganz logisch. Kapierst du eigentlich gar nichts?«

Offenbar nicht, dachte ich und spürte zu meiner Verwunderung, dass sie es wieder geschafft hatte, mich zu ärgern.

»Ich hatte auch keine Lust mehr, die ganze Zeit nur mit dir zusammen zu sein«, sagte sie. »Oh Mann, das ist richtig zu einer Belastung für mich geworden«, fügte sie hinzu.

Ich fing an, meine Leine abzuwickeln. Verdammt, sie war so …! Eine ganze Weile sagten wir nichts, dann war es Lena, die tief Luft holte: »Die Sache ist doch die, Trille, dass es verflucht noch mal möglich sein muss, verliebt zu sein, ohne sich gleichzeitig wie ein Idiot zu verhalten.«

»Verliebt?«, fragte ich nach. »Ich bin nicht verliebt.«

»Nur ein Idiot?«

»Hä?«

»Wer weiß. Vielleicht kann ich dir ab und zu ein bisschen helfen.«

»Mir helfen?«

»Ja. Kapierst du nicht, wie sinnlos es ist, die ganze Zeit Klavier zu spielen, wenn du es doch eigentlich hasst? Und wie doof am Fähranleger herumzuhängen? Meine Güte. So willst du Mädchen auf dich aufmerksam machen?«

»Aber …«

»Wenn Birgitte nur ein bisschen Grips in der Birne hat, und das muss man sich langsam wirklich fragen, na, dann begreift sie doch auch so, dass du der Beste von allen bist.«

»Was?«

Mehr sagte Lena nicht. Sie fegte irgendwelche Fussel von der Regenhose und seufzte. »Außerdem glaube ich, es wäre wahnsinnig gut für deine Psyche, wenn du anfangen würdest, Schlagzeug zu spielen«, beendete sie ihre Rede.

»Du bist ja krank im Kopf«, sagte ich.

»Danke gleichfalls«, murmelte Lena und warf mir so ein Lena-Typisches Lächeln zu, das die Felsen zum Funkeln bringt.

Etwas löste sich in mir, und ich fing an zu lachen. Eine Weile saß Lena nur da und sah mich mit einem fröhlichen Blitzen in den Augen an, dann brach sie zusammen und prustete los. Wir beide lachten um die Wette. Wir lachten, dass wir fast umfielen, alle beide.

Und nachdem wir uns endlich beruhigt hatten, warfen wir unsere Leinen aus und angelten. Schließlich waren inzwischen die Makrelen gekommen, und es dauerte nicht lange, da zappelte und spritzte es auf beiden Seiten des Bootes.

Nachdem wir am Tag zuvor von Kobbholmen nach Hause gekommen waren, war ich noch einmal ganz allein hinunter ans Wasser gegangen. Im ganzen Bootshaus hingen Netze und Leinen ordentlich aufgereiht. Seit Opa seine Hand verletzt hatte, war niemand mehr zum Angeln hinausgefahren. Oben auf dem Dachboden fand ich die Kiste mit der kaputten Heilbuttschnur. Ich holte sie mir runter, schaltete die Lampe über Opas Hocker ein und saß bis spätabends da und ordnete sie. Jetzt lag sie bereit für den Gebrauch in der Holzkiste. Es fehlten nur noch gute Köder.

Und für die sorgten Lena und ich. Die Tonne zwischen uns war schnell voll mit Makrelen. Genug, um viele Schnüre zu bestücken.

»Glaubst du, wir kriegen es hin, Opa nächstes Wochenende mit zum Angeln zu nehmen?«, fragte ich.

Lena zuckte mit den Schultern und wurde plötzlich sehr ernst.

»Schließlich war er ja gestern auch auf See, oder?«, fragte ich unsicher.

Lena warf mir einen schnellen Blick zu.

»Was ist?«, fragte ich schließlich.

»Ich glaube, Lars hat vielleicht Angst davor, mit dem Angeln nicht mehr klarzukommen, Trille, mit der Hand und allem.« –

»Außerdem wird er ja auch langsam alt«, fügte sie hinzu.

Ich hatte das Gefühl, dass plötzlich ein Eisblock in mir wuchs. Opa hatte doch keinen Grund, vor irgendetwas Angst zu haben? Doch dann flimmerten die Bilder von dem riesigen Heilbutt und all dem Blut vor meinem inneren Auge auf. Ich schaute zum Land hinüber. Oben auf dem Hofplatz stand Opa. Er schob mit dem gesunden Arm den Kinderwagen mit Inger hin und her, während er nach Lena und mir Ausschau hielt.

Wen magst du am liebsten?

»Ich habe überlegt, ob ich heute Nachmittag zum Spiel fahren soll«, sagte ich zu Lena, nachdem wir das Boot vertäut und den Fisch verstaut hatten.

Die Jungs unserer Klasse sollten das erste Match dieser Saison haben. Kai-Tommy hatte schon lange davon gesprochen. Sie sollten gegen die Mannschaft aus der Stadt spielen, die letztes Jahr souverän gewonnen hatte. Aber unsere Jungs hatten den ganzen Winter über systematisch und zielbewusst trainiert. Sie würden gewinnen, meinte zumindest Kai-Tommy. Und zwar die gesamte Serie! Ich wusste, Birgitte würde kommen, um zuzusehen.

»Das wird bestimmt interessant«, sagte Lena und packte die Fischtonne auf ihrer Seite an. »Aber ich muss zum Training.«

Und so kam es dann. Lena fuhr auf dem Fahrrad davon und

ich machte mich auf zum Spiel. Ich schaute ihr nach, als sie vom Hof fuhr, und dabei spürte ich eine Wärme in der Brust wie schon lange nicht mehr. Lena Lid, meine beste Freundin und Nachbarin. Es gab keinen zweiten Menschen auf der Welt wie sie.

Als ich zum Fußballplatz kam, sah ich Axel und Ellisiv auf der Tribüne und ging zu ihnen hoch.

»Jetzt kann ich aber wirklich sagen, dass ich eine Braut habe«, erklärte Axel.

Ellisiv verdrehte die Augen und machte mir Platz. Unten auf dem Schotter liefen meine Klassenkameraden hin und her, um sich aufzuwärmen. Unruhig hielt ich nach Birgitte Ausschau. Nach einer ganzen Weile entdeckte ich sie endlich allein ganz am Ende der Tribüne.

Als ich zu ihr trat, schaute sie überrascht auf.

»Hallo, Trille! Geht es dir wieder gut?«

»Was? Ach so ... Ja, das ging schnell vorbei. War es noch eine schöne Geburtstagsfeier?«

Birgitte nickte und schaute aufs Spielfeld. Suchte sie Kai-Tommy?

»Ja, aber auch ein bisschen traurig.«

»Traurig?«

»Ja, wir werden bald zurück nach Amsterdam ziehen.«

Und sie erzählte, dass sie das schon die ganze Zeit gewusst hatte, aber immer gedacht hatte, das wäre kein Problem.

»Ich weiß ja, wie es war, von Kisha in Kenia wegzugehen, deshalb hatte ich eigentlich beschlossen, keine neuen guten Freunde zu suchen.«

Ich setzte mich neben sie.

»Aber es ist schrecklich schwer, sich nicht mit Leuten zu befreunden«, sagte sie. »Verstehst du, was ich meine?«

Ich nickte. Gab es jemanden, der das besser verstand als ich? Ich wollte gerade etwas sagen, als ein Schatten auf uns fiel.

Kai-Tommy, außer Atem, mit schwarzem Pony in der Stirn und knallblauem Fußballtrikot.

»Hallo, schön, dass du gekommen bist«, sagte er zu Birgitte.

Mir warf er einen unruhigen Blick zu, und plötzlich wurde mir klar, dass Kai-Tommy genauso gestresst davon war, mich mit Birgitte reden zu sehen, wie ich es war, wenn er sich mit ihr unterhielt.

»Wo hast du Lena gelassen?«

»Beim Training in der Stadt.«

Er seufzte resigniert.

»Sie lässt aber auch nicht locker. Jemand müsste ihr mal erzählen, dass sie nicht gerade den Körper eines Torhüters hat, so dünn, wie sie ist.«

Erst wollte ich etwas darauf erwidern, ließ es dann aber. Sollte er doch denken, was er wollte.

»Wir reden später!«, sagte er und lief davon.

»Magst du Kai-Tommy eigentlich?«, platzte es aus mir heraus, ich musste jetzt endlich Gewissheit haben.

Birgitte schaute mich verwundert an.

»Ja, ziemlich gern.«

»Aber …« Ich breitete die Arme aus.

»Im Innersten ist er nett, Trille.«

Das musste aber sehr, sehr weit innen sein, dachte ich resigniert.

»Und ich mag dich auch gern«, fügte sie hinzu.

Ein warmer Schauer durchfuhr mich.

»Wen magst du am liebsten?«

Ich versuchte, es so klingen zu lassen, als wäre es nur ein alberner Scherz. Birgitte lachte laut auf. Sie schaute zu den Jungs hinunter, die sich in zwei Gruppen auf dem Spielfeld sammelten. Dann wurde sie ernst.

»Nun, das ist auf jeden Fall Kisha«, sagte sie leise und mit einem verschmitzten Lächeln.

Ich wusste nicht, was ich dazu sagen sollte. Bald würde sie wegziehen. Das war nicht auszuhalten, aber gleichzeitig war es schön, hier jetzt neben ihr zu sitzen.

»Ich werde dich vermissen«, murmelte ich schließlich.

»Ich dich auch, Trille.«

Und dann begann das Spiel.

Jungs und Schotterplätze

Es sollte ein Fußballspiel werden, das niemand so schnell vergaß. Die rote Mannschaft aus der Stadt übte von Anfang an großen Druck aus, aber die Jungs aus unserem Dorf hielten die Verteidigung dicht und stoppten alle Angriffe. Schnell wurde deutlich, dass im Laufe des Winters viel passiert war. Ivar wusste offensichtlich genau, was er machte, ganz gleich was Lena dazu meinte.

Es waren erst wenige Minuten vergangen, als Andreas einen langen Pass an Abdulahi sandte, der ihn sauber entgegennahm und mit dem Ball zum gegnerischen Tor dribbelte. Nur mit Mühe gelang es dem Torhüter aus der Stadt, sich zu strecken und den Ball abzuwehren.

Dann war die Stadtmannschaft mit einem Angriff an der Reihe. Tore boxte einen hohen Ball in letzter Sekunde aus dem

Tor, es gab eine Ecke. Auch die parierte er, und ich musste widerstrebend zugeben, dass er so langsam ein guter Torhüter wurde. Und ich war ehrlich gesagt beeindruckt von meinen Klassenkameraden. Immer wieder stürmten sie durch die Mitte vor. Die Verteidigung der Stadtjungen in Rot hatte so ihre Mühe, die Angriffe aufzuhalten. Mehrere Male war es nur noch der schwarz gekleidete Torhüter, der sie vor einer Niederlage bewahrte. Birgitte war aufgestanden.

»Vorwärts!«, rief sie.

Als der Ball wieder einmal eingeworfen werden sollte, ließ ich meinen Blick über das Publikum schweifen. Minda und Magnus und ihre Freunde saßen ganz oben auf der Tribüne. Ellisiv und Axel waren beide aufgestanden und riefen laut. Entlang der ganzen Seitenlinie standen Leute, die ich kannte. Und wer um Himmels willen war das? Ylva? Sie stand unten an der Eckfahne der Gegner und sah ziemlich verwirrt aus. Ich seufzte resigniert. Das war so typisch Ylva! Nach Lenas Flucht hatte sie bestimmt beschlossen, endlich zum Fußball zu gehen und unsere Mannschaft anzufeuern. Und dann hatte sie garantiert nicht mitbekommen, dass Lena die Mannschaft gewechselt hatte. War das möglich? Ich schlug mir auf die Stirn.

Der Torhüter der Stadtmannschaft legte den Ball zum Abschuss bereit, nahm Anlauf und schickte die Kugel in einem eleganten Bogen über das ganze Spielfeld, sodass sie direkt vor den Füßen eines ungedeckten Spielers gleich hinter der Mittellinie landete. Bevor wir es recht begriffen, hatte der Junge aus der Stadt einen Mittelfeldspieler und einen Außenverteidiger umrundet und den Ball im Tor platziert. Es stand 0:1 für die Gäste!

Ein Seufzen und Buhen ging durch das Publikum. Natürlich applaudierte die Gästemannschaft, aber das alles wurde über-

tönt von einem Jubelschrei hinten an der Eckfahne. Das war Ylva. Sie feuerte die falsche Mannschaft an! Lena würde durchdrehen.

»Sorry, ich komme gleich zurück«, sagte ich zu Birgitte und beeilte mich, hinunter zur Seitenlinie zu kommen.

Ich konnte nicht zulassen, dass Ylva sich weiter blamierte!

Fast hatte ich Ylva schon erreicht, als ich einen Blick auf den kleinen, schwarz gekleideten Torhüter der Stadtmannschaft warf. Er stand ruhig vor dem Sechzehnmeterraum und wartete darauf, dass das Spiel wieder angepfiffen wurde. Das Käppi hatte er tief ins Gesicht gezogen, denn die Sonne stand ziemlich tief. Ab und zu zeigte und rief er den rot gekleideten Verteidigern etwas zu, mit dünner, entschlossener Stimme. Ich öffnete den Mund und musterte ihn wieder. Nein … das war nicht möglich! Inzwischen lief das Spiel wieder, und der kleine Torhüter wippte konzentriert auf den Zehenspitzen auf und ab. Er trippelte zur Seite, während er den Ball mit Falkenblick verfolgte. Dann legte er einen Handschuh an den Mund und schrie zweien der rot gekleideten Stadtjungen zu: »Hallo! Verdammt, wacht endlich auf! Da, Nummer 10!«

Ich erstarrte und wäre fast zu Boden gegangen. Lena!

Und was dann geschah, das werde ich niemals vergessen. Während ich immer noch wie unter Schock dastand, hatte Nummer 10, der blau gekleidete Kai-Tommy, sich den Ball mitten aus einem Angriff der Gäste geschnappt. Er drehte sich um und rannte los. Hinter ihm versuchten zwei Rote, ihn einzuholen, aber sie waren zu langsam. Kai-Tommy kam in wilder Fahrt angerannt, allein gegen den Torhüter.

Der Schwarzgekleidete mit dem Käppi wich immer weiter zurück, aber als alle schon fest davon überzeugt waren, gleich ein

1:1 zu sehen, begann der dünne Hering plötzlich, nach vorn zu laufen.

»Los, komm schon!«, brüllte Ylva hinter mir.

Furchtlos und präzise warf sich Lena auf den Schotter kurz vor der 16-Meter-Markierung und schnappte sich den Ball vom Fuß des einsamen Angreifers. Kai-Tommy fiel vornüber und Lena ließ sich ein paarmal auf dem Boden herumrollen mit dem Ball wie ein wertvolles Ei im Schoß. Das war eine blitzsaubere Parade gewesen. Und dazu beeindruckend präzise ausgeführt.

Kai-Tommy sprang wütend hoch. Er wollte etwas Aufgebrachtes schreien. Doch dann sah er, was ich vorher gesehen hatte. Wenn es mir doch gelingen könnte, seinen Gesichtsausdruck zu beschreiben. Es schien, als wäre er von einem Ufo angefahren worden.

»Wunderbar, ab und zu auf gleichem Niveau spielen zu können«, bemerkte Lena trocken und grüßte mit einem Finger an dem Käppi.

Dann schoss sie den Ball ins Spielfeld, als wäre nichts geschehen, und das Spiel konnte weitergehen.

≈

Das restliche Match dominierten die Roten vollkommen. Die Stadtmannschaft nahm drei wohlverdiente Punkte mit auf die Fähre, aber der beste Spieler blieb am Ufer stehen und winkte ihnen hinterher.

Noch für lange Zeit war das Spiel der Gesprächsstoff Nummer eins. Als die Leute begriffen, wie das alles zusammenhing und dass Ivar und die Jungs Lena mehr oder weniger aus der Mannschaft verdrängt hatten, gab es viele, die wütend darüber waren. Aber Lena war nicht mehr wütend. Die Mannschaft zu wechseln, das war das Beste, was ihr hätte passieren können. Es gefiel ihr, mit Mädchen zu spielen. Und da der Trainer in der Stadt schnell ihr Talent entdeckt hatte, bekam sie häufig die Anfrage, ob sie nicht leihweise in der Jungsmannschaft spielen könnte.

Aber sie sagte nicht immer zu.

»Man kann nicht jeden Tag Fußball spielen. Ich habe trotz allem noch so einiges zu Hause zu erledigen«, erklärte sie.

Ich wusste, sie dachte an das Floß.

Opa und Polter-Kåre

»Ich habe einen Totmannknopf für die Leinenwinde bestellt«, murmelte Papa und schnitt dicke Brotscheiben ab.

»Aha«, sagte ich.

Wir standen an der Anrichte in der Küche und aßen Frühstück. Es war Samstag und die Sonne schien. Draußen auf dem Fjord tummelten sich die Freizeitboote, aber durch das Fenster konnte ich Opa sehen, der an Land geblieben war, er saß am Gartentisch und trank Kaffee.

Die schlimmen Bilder vom Heilbutt und dem vielen Blut zogen wieder durch meinen Kopf. Ging es Opa genauso? Ich schaute erneut zu ihm in den Garten hinaus. Er sah so einsam aus. Nein, für Opa war es noch schlimmer, das wurde mir plötzlich klar. Neben mir nahm Papa sich eine Scheibe Brot.

»Wir müssen den Alten wieder zum Fischen bringen, Trille. Das geht nicht so weiter.«

≈

»Ist das Polter-Kåre da vor der Landzunge?«, fragte ich und ließ mich neben Opa auf einen Stuhl fallen.

Er nickte und drehte die Kaffeetasse mit der gesunden Hand unverwandt im Kreis. Opa hat sich immer ein wenig über Polter-Kåre lustig gemacht, weil der nicht auf den großen Fang aus war. Jetzt konnten wir deutlich von unserem Platz aus sehen, wie er ein ganzes Netz mit Seelachs herausholte.

»Weißt du, dass ich ihn einmal niedergeschlagen habe?«, fragte Opa mich plötzlich.

»Was? Du hast Polter-Kåre niedergeschlagen? Warum denn?«

»Er hat mit Inger getanzt.«

Opa schüttelte den Kopf und musste schmunzeln.

»Ich war siebzehn Jahre alt und kurz davor, zum ersten Mal auf große Fahrt zu gehen.«

Er blinzelte zu Polter-Kåres Boot hinaus.

»Das war das Dümmste, was ich in meinem ganzen Leben getan habe.«

»Warst du schon mit siebzehn Jahren mit Oma zusammen?«, fragte ich verwundert.

»Nein, aber wir waren befreundet. Und in diesem Sommer kam sie eines Tages plötzlich zu mir und sagte, sie werde mich vermissen, wenn ich wegfahre. Und sie sagte außerdem, dass sie auf mich warten wolle.«

Opa lächelte.

»Und ich, ich Idiot, ich habe ganz frech Nein zu ihr gesagt, so wie ich es schon zu allen anderen gesagt hatte. Ich wollte nicht, dass ein Mädchen daheim auf mich wartete. Ich wollte frei und ungebunden sein.«

Aber an dem Tag vor Opas Abreise, da geschah etwas. Es wurde dort, wo jetzt der Fähranleger war, zum Tanz aufgespielt, erzählte Opa. Die gesamte Jugend aus dem Ort war an dem Sommerabend dort versammelt. Als auch er dorthin kam, entdeckte er zwischen all den anderen Inger. Und wie von einem Zauberstab berührt, wurde ihm klar, was er getan hatte. Denn er war doch bis über beide Ohren in sie verliebt!

»Aber genau in dem Moment, als ich zu ihr gehen und mich entschuldigen und ihr alles erklären wollte, da trat Polter-Kåre vor und forderte sie zum Tanz auf. Direkt vor meiner Nase!«

»Und da hast du ihn niedergeschlagen?«, fragte ich schockiert.

»Dass er die Engel hat singen hören!«

Da wurde mir klar, dass es gar nicht so selbstverständlich war, dass aus Oma und Opa ein Paar geworden war. Oma war stinkwütend gewesen. Nicht nur, dass Opa ihr einen Korb gegeben und sie damit so traurig gemacht hatte, nein, zusätzlich vergriff er sich dann auch noch an einem vollkommen unschuldigen Kerl, der sie wirklich gern mochte. Konnte man so ein Idiot sein? Also hatte Opa damals mit gebrochenem Herzen und schlechtem Gewissen nach Baltimore aufbrechen müssen.

Verwundert schaute ich meinen friedlichen Opa an.

»Ich hätte nie gedacht, dass du jemanden zusammenschlagen könntest«, sagte ich.

»Nein?«

Er lachte.

»Ich bin so alt geworden, dass ich weiß, dass wir alle in der Lage sind, solche dummen Sachen zu tun. Und im Grunde genommen ist das gar nicht so wichtig.«

Er schaute wieder zu Polter-Kåre hinüber.

»Wichtig ist, was wir hinterher tun.«

Im Augenwinkel sah ich Lena aus dem Haus kommen, den Fußball in den Händen. Opa sah sie auch.

»Weißt du, Trille, es ist so wunderbar eingerichtet, dass es möglich ist, das meiste, in das wir uns auf dieser Welt verwickelt haben, wieder zurechtzubiegen.«

»Aber das erfordert Mut«, fügte er hinzu.

Polter-Kåre startete da draußen seinen Außenbordmotor und tuckerte aufs Land zu. Lena war mit dem Ball bereits unten auf dem Feld.

»Opa. Heute werden wir die Leinen auswerfen«, sagte ich, und zwar in einem Ton, dass ihm keine Widerrede möglich war.

Flaschenpost

An dem Tag, als Birgitte abfuhr, war der Sommer zurückgekommen. Opa und ich fischten fast jeden Tag. An Land lief Ylva mit einem ebenso dicken Bauch herum wie Mama an Weihnachten. Und im alten Bootsschuppen lag Lenas Floß, bereit, zu Wasser gelassen zu werden.

Die ganze Familie von den Bakkane kam herunter nach Knert-Mathilde, bevor sie abfuhren. Sie wollten Haas abliefern. Birgitte hatte das so entschieden. Ich wusste, wie gern sie ihren Hund hatte, und trotzdem wollte sie, dass er bei Lena blieb – sie meinte, dort habe er es besser. Das war typisch Birgitte. Und genau deshalb mochte ich sie so gern. Lena war geradezu geschockt, als sie begriff, was für ein tolles Geschenk sie bekam, und ich weiß nicht, was sie eigentlich gesagt hat. Aber ich hoffe, sie hat sich bedankt.

»Vielleicht studieren wir später zusammen, ja?«, meinte Birgitte jetzt.

Ja, vielleicht, dachte ich. Wer weiß?

Dann wurde ich noch einmal in den Arm genommen, versank in den Locken, und danach verschwand die Familie aus den Niederlanden zwischen den Fichten und dem Meer. Ich blieb am Weg stehen, leer und erschöpft, und starrte dem Auto hinterher. Opa kam dazu und stellte sich neben mich. Nach einer Weile schob Lena ihren Kopf zwischen uns und legte eine Hand auf meine Schulter und eine auf Opas.

»Ja, ja, Jungs«, sagte sie mit einschmeichelnder Stimme. »Dann sind nur noch wir drei übrig.«

Ich hätte sie zusammenschlagen können.

≈

Später am Abend waren wir wieder unten am Wasser. Lena lag bäuchlings zwischen den Algentrauben und montierte den Schlepphaken, während Haas ruhig in der Sonne saß und zuguckte.

»Meinst du ernsthaft, wir sollen dich ganz hinaus bis Kobbholmen schleppen?«, fragte ich skeptisch und betrachtete das

riesige Floß zwischen den Fjordfelsen. »Das wird den ganzen Tag dauern.«

»Ich habe den ganzen Tag Zeit«, sagte Lena, den Mund voller Schrauben. »Ich muss doch sehen, ob ich ein Fahrzeug habe, das seetauglich ist.«

Ich wusste, es war sinnlos, etwas dagegen anzubringen, also ging ich in den alten Bootsschuppen, um ein passendes Seil zu finden.

Und während ich in allen Ecken und auf den Regalen suchte, entdeckte ich plötzlich eine Flasche mit einem Zettel drin. Sie stand versteckt oben auf einem Balken, ganz hinten im Raum.

»Das ist eine Flaschenpost«, sagte Lena hinter mir. »Ich habe sie an dem Tag im Winter gefunden, als wir nach Strandgut gesucht haben. Als Birgitte kam, weißt du?«

Allein der Name ließ die Traurigkeit wieder in mir aufsteigen.

»Und von wem ist die?«

»Ja, was glaubst du?«, erwiderte Lena trocken.

Ich öffnete die Flasche und entrollte das Papier. Sie war natürlich von uns. Aber gleichzeitig schien es, als wäre sie von jemand anderem. Eine kindliche Krakelschrift, die einer anderen, vergangenen Zeit angehörte, ringelte sich über den Zettel.

»Liber Fremder, der du diese Flaschen Post findest, wier sind zwei Freunde aus Knert-Mathilde und unsere Telefonnummer ist …«

»Das ist ja uralt«, sagte ich verwundert.

Ich las den Text noch einmal. Mein Herz pochte warm und schmerzhaft in der Brust. Ich sah Lena und mich vor mir, als wir noch klein waren. Zwei beste Freunde in Gummistiefeln, die die Flaschenpost nur wenige Meter vom

Land aus ins Wasser warfen und glaubten, sie würde in die weite Welt hinausschwimmen.

»Ich habe ziemlich viele Schreibfehler gemacht«, murmelte ich vor mich hin, damit Lena nicht sehen sollte, dass ich kurz vorm Heulen war.

Aber Lena sah es auch so. Sie legte den Kopf schräg und sah mich mit sanftem Blick an.

»Ja, stell dir vor, Trille, du, der du doch so eine Begabung bist.«

Dann wedelte sie ungeduldig mit einem Seilbündel.

»Wollen wir jetzt endlich los, oder was?«

≈

Dann legten wir ab. Opa stand ruhig mit etwas gekrümmtem Rücken da und blinzelte wie immer. Seine verletzte Hand hatte er in die Overalltasche gesteckt, die gesunde lag auf dem Steuerrad. Ab und zu schaute er nach hinten und brummte leise. Ein gigantisches Floß, gebaut aus dem Treibgut nach dem schlimmsten Orkan aller Zeiten, stampfte schwer in den Wellen, mit einer glücklichen Besitzerin und einem Schiffshund an Bord.

»Wenn sie mit dem die Fähre getroffen hätte, ich weiß ehrlich gesagt nicht, wer als Erstes gesunken wäre«, murmelte Opa.

Dann zuckte er leicht mit den Schultern und wandte sich mir zu.

»So, jetzt braucht ein alter Mann seinen Kaffee. Willst du übernehmen, Trille?«

Er ließ das Ruder los und trat zur Seite. Ein frischer Wind fuhr mir durchs Haar, als ich es ergriff. Die Wärme von Opas Hand war immer noch im Holz. Birgitte war in den Niederlanden, aber vor mir lag das Meer weiß und blau. Bei Kobbholmen, weit draußen, stand eine Angelleine im Wasser – genau dort, wo

Oma einmal Opa gezeigt hatte, dass hier ein guter Angelgrund war. Und im Schlepptau, mit Knert-Mathildes solidestem Seil, hatten wir meine beste Freundin und Nachbarin auf ihrem Floß.

»Hallo, Trille!«, johlte sie dahinten.

Sie war aufgestanden und hielt die Hand an den Mund, wie sie es immer tat, wenn sie ihren Verteidigungstrupp dirigierte. Die Stimme trug wie ein Erdbeben in alle Himmelsrichtungen. Ich sah sie fragend an und spürte eine alte, vertraute Glücksblase im Bauch. Lena winkte lachend, und dann schrie sie aus Leibeskräften: »Wäre es möglich, dem Konvoi ein bisschen mehr Fahrt zu geben?«

Maria Parr, Jahrgang 1981, schrieb ihr erstes Kinderbuch *Waffelherzen an der Angel*, das in zahlreiche Sprachen übersetzt wurde, bereits während ihres Literaturstudiums. Für *Sommersprossen auf den Knien* und *Manchmal kommt Glück in Gummistiefeln* erhielt sie unter anderem den renommierten norwegischen Bragepreis.

Barbara Korthues, geboren 1971, studierte Illustration und Grafikdesign sowie Malerei. Schon während ihrer Studienzeit arbeitete sie als Illustratorin für verschiedene Kinder- und Jugendbuchverlage und hat seitdem zahlreiche Bücher veröffentlicht.

Christel Hildebrandt, geboren 1952, übersetzt seit 30 Jahren Bücher aus den skandinavischen Sprachen, immer noch mit der gleichen Begeisterung.

Als Mutter von drei Töchtern liegen ihr Kinderbücher besonders am Herzen. Für *Sommersprossen auf den Knien* bekam sie zusammen mit Maria Parr den Kinderbuchpreis »Luchs« verliehen.

YLVA
ISAK
MAGNUS
MAMA
PAPA
MINDA